偽りの吸血姫が本物になるまで
身代わり処女《おとめ》は甘い楔に啼く

イシクロ

Illustration
なま

MOON DROPS

偽りの吸血姫が本物になるまで
身代わり処女は甘い楔に啼く

Contents

イラスト／なま

偽りの吸血姫が本物になるまで

身代わり処女《おとめ》は甘い楔に啼く

MOON DROPS

序章

　それは、ひどく冷たい雨が降る夜のことだった。

　戸締まりをしているときに、リィンと古ぼけた玄関の鈴が鳴って、女は灯りを持ったまま暗い廊下を振り返った。

「もし、誰か」

　次いで玄関のほうから聞こえてきたのは、無機質な男の声。夜更けの訪問にしては、申し訳なさの欠片もないそれに、女は顔を顰《しか》めた。

「……誰だい、こんな時間に」

　悪態をつきながら、彼女は玄関に向かった。

　廊下には、彼女の持つ小さなランプしか光源はない。冬の空気は無遠慮に足下を這《は》い回って、体は芯から凍えそうだ。修繕もされない建物は、あちこちから隙間風が入ってくる。

　ドアを開けた彼女は、ほんの一瞬、目の前の光景に違和感を覚えた。

「こちら、スティングル孤児救済院《こじきゅうさいいん》でしょうか」

全く抑揚のない声で言ったのは、門戸より一歩後ろに立つ、傘を差した灰色の髪の男だ。

ガス灯が林立する通りには、大きな黒塗りの馬車が止まっている。

「そうですが、どちらさまで？」

「こちらに保護されている子どもを一人、引き取りに来た者です」

「今日ですか？　話は聞いていませんが……失礼ですが、紹介状などは」

「ありません」

救済院の職員である女は、ノブを持ったまま突然の訪問者を眺めた。

こんな人も通らない雨の夜更けに、忍ぶようにやってくるということは——なにか事情があるのだろうか。確かにこの院ではそんな客も少なくはないが、しかし、あらかじめ連絡もよこさないなんて、厄介事の気配しかない。

「……申し訳ありませんが、また改めて」

「ハイムズ君が連絡の手紙を出しそびれてしまったんです。きっと今頃、郵便局員が運んでいる最中じゃないかな」

そこで飛び込んできたのは、よく通る明るい声。

馬車の中から黒い外套《がいとう》を着た長身の男が現れた。

背中まで流れる長い金髪を赤いリボンで一つにくくり、頭には山高帽。手には艶やかな杖《つえ》を持っている。

傘も差さず、軽やかな足どりでやってきた彼は、帽子をとって、一礼した。

「お初にお目に掛かります、マダム」

夜の中でも人目を引く、彫刻のように整った美しい顔の男が、嬉《うれ》しそうに女を見る。宝石を思わせる深蒼色《ふかあおいろ》の目は前髪で右目が隠れていた。

思わず誰もが見惚《みと》れてしまう笑顔を浮かべて、彼は言った。

「こちらに、私の孫がいるそうなのです。中に上がらせていただいてもよろしいですか？」

第一章　赤髪の女の子

二段ベッドが詰め込まれた、狭い救済院の女の子部屋。固い板の上に敷かれている布団は洗いも干されもせず、虱《しらみ》や蚤《のみ》や、彼女たちの昼間の仕事で付いた灰や泥がこびりついていた。

燃料がもったいないと部屋には一切灯りがない。立て付けが悪い窓は歪《ゆが》んでいて、冷たい隙間風が好き放題に、部屋の中をすり抜けた。

「事情があって仕方がなかったの。でも、約束してくれたわ。すぐにまた迎えに来るって」

少女は可愛い唇で歌うように言って、ベッドの上で胸の前に手を組む。

「また、大きなおうちで優しいパパとママと、綺麗《きれい》な部屋と素敵なドレスに囲まれて、召使いと一緒に暮らすの」

「うん、素敵ね」

「いいなぁ」

孤児の子ども達が、夢のような世界の話に引き込まれながら、布団に寝転がってそれぞれ頷《うなず》く。

「安心してね、その時はみんなも連れて行ってあげるから」

「ミラベル、ほんと？」

「ええ、約束。マリー以外の、みんなで行きましょ」

金髪に明るい蒼い目をしたミラベルという美しい少女の話は、最後にいつもこうやって締めくくられた。お決まりの言葉に、子ども達はくすくすと無邪気な笑いを零す。彼女たちの視線の先には、布団を被って微動だにしない小さな影がある。

そうやって子ども達は、暗く小さな子ども部屋の中に生け贄《いけにえ》をつくって、自尊心を守るのだ。

「もう寝ましょうか……明日も早いでしょ」

「はーい」

ミラベルの言葉に、みんながおやすみの挨拶を口にする。薄い掛け布団を一枚ずつしか渡されていない子ども達は、仲良しの子の布団の中に潜り込んで、互いの体温で温め合ってやがて眠りに落ちた。

一人だけでじっと背中を向けていた女の子は、凍える寒さにかじかむ小さな手を握って、さらに固く縮こまった。


翌朝、食器が床に落ちる大きな音が、救済院の食堂に響いた。

座っている者、ごはんをよそう者全員の視線が集まる。

「お前生意気なんだよ！」

少年が怒鳴りながら、女の子の赤い髪を摑《つか》んだ。

血と錆《さび》のような赤。茶や金の髪の持ち主が多い地域で、彼女の髪色はあまりにも異質だ。

彼女はバランスを崩して床に細い腕をつく。ろくに掃除のされていない、油と泥とが混じり合った床は冷たい。痛みを堪えながら立ち上がり、女の子が五月の新緑のような緑色の瞳で年長の少年を見つめた。

「……だって、先に、ごはんを取ったのは」

「うるせぇ赤髪！」

少年は手加減もせずに、女の子をつきとばした。

押された彼女がよろけてテーブルに背中をついて、そのままひっくり返る。なりゆきを見守っていた子ども達が悲鳴を上げた。

「お前みたいなグズは、大人しく従ってりゃいいんだよ！」

「なにやってんだい！」

騒ぎを聞きつけて、職員の女がやってきた。

目をぎょろつかせた彼女は、騒ぎの中心だった少年と女の子を見て、持っていた棒で二人を何度も殴りつけた。

折檻《せっかん》に痛む腕を押さえながら、少年が女の子を指さす。

「あいつが、勝手に転んだんだ！」

「違う、先に……」

「またお前かいマリー！　もう今日の食事は抜きだ」

そう言って、職員は席に置いてある皿を取り上げた。それを見て女の子は小さく悲鳴を上げて、大人に縋《すが》った。

「お願いします、お腹すいて」

「口答えするんじゃないよ。ほら、お前達もぐずぐずしてるんじゃない、仕事に遅れるよ！」

それ以上取り合わずに、女が皿を持ったまま食堂を出て行く。呆然《ぼうぜん》とそれを見送る女の子に目をやると、にやりと笑って少年は席に戻った。

ポケットから出した手には、先程彼女の皿からくすねた小さなリンゴが握られていた。

食事を終えた子ども達が食器を片付けていく中、マリーと呼ばれた赤髪の女の子は、ほとんど皮と骨ばかりの手で自分の服を握って立ちつくしていた。


夜、どうにか新聞売りの仕事を終えて、マリーは皆より先に薄い布団に入った。

結局朝のやり取りの罰だと夕食も配られなかった。何もしていない日でさえ、最低限しか食べ物がもらえない体に必要な栄養など残っているわけもなく、一日寒い通りに立った体は冷え切って上手く動かなかった。

しかも今日は雨が降っているせいか、布団に入っても一段と凍える。

それでも寝てしまえば、まだ空腹にも寒さにも気づかずにいられるのに、マリーにはその体力すらなかった。

けれどひもじさは彼女の親友だ。リンゴを盗った少年をはじめ、ここにいる他の多くの子どもたちと同じように。

朝から夜遅くまで働かされて、孤児の子ども達が稼いだわずかなお金は全て孤児院が取り上げていった。まだ働けない子を養うためだと言われているが、職員たちがそのお金で酒を飲んでいることは皆知っている。

けれど少しでも口答えすると、気絶するほど殴られた。もちろん、治療なんてしてもらえない。

孤児〝救済〟院とは名ばかりで、年頃になれば追い出されるように人買いに連れられて、年上の子どもはいなくなる。

そして同じ数だけ新しい孤児がやってきて、子どもの数は一定以上減ることはない。

あと数年も経てば、マリーも違う場所へ行く。そこは、……ここよりもマシなところだといいのだが。それともやはり、この赤い髪が枷《かせ》になって引き取り手はないのだろうか。

いつの間にか眠ってしまった。

他の子が帰ってきたのですこしだけ部屋の温度はあがっている。それでもマリーが吐く息は白い。みんなの寝息と、雨が窓を打ち付ける音がやけに耳に響いた。

空腹と寒さで布団の中で動けずにいたが、生理現象には勝てずにマリーは起き上がった。素足に薄布の靴を履いてベッドを出る。

トイレに行って、部屋に戻ろうと廊下を歩いていると。

「……よ、行き……」

「――ま、……く」

少女と男の小さく言い争う声を聞いて、マリーは立ち止まった。

どうやら近くにある扉から漏れ出ているようだ。隙間から溢《あふ》れる光に誘われるように近づけば、ドアの向こうからミラベルと、院長の声が聞こえてきた。

「もう一度言うぞ、わがままを言うな。立派な身なりの紳士だ。おまえを探しにきたと言っていて」

「嫌！　お父様から聞いたもの……だってあれは」

マリーの足が床を踏んで、歪んだ板が音を立てた。

はっとしたように部屋は静かになり、すぐに中から乱暴に扉が開けられ、孤児院の院長が姿を現した。

大男に怖い顔で睨《にら》まれてマリーは硬直したが、彼の方はそれが小さな女の子だとわかって幾分表情を緩める。部屋の中に視線を戻した。

「とにかく、会うだけでも」

「マリー！」

　そこで、ミラベルが部屋の中から飛び出してきた。目に涙を浮かべて、彼女はマリーの細い腕を摑んだ。

「あぁマリー、聞いてたの？」

「ごめん……なさい……」

　マリーは、視線を下げて小さく謝罪の言葉を口にした。

　職員からも一目置かれている人気者のミラベルと話す機会は、今までほとんどなかった。それでも彼女から自分が厭《いと》われているのは知っていて、何を言えばいいのか分からず、マリーは口を噤《つぐ》む。

「いいのよ。ねぇ聞いてくれる？　……今、私のおじいさまと言う人が迎えに来て……でも私、どうしても行きたくなくて」

「どうして？」

　思わず聞いてしまったのは、両親の元に帰りたがっているミラベルをずっと見てきたから。

　金髪の少女が、逡巡《しゅんじゅん》してから口を開いた。

「――お祖父様は私を嫌っていると、お父様が言っていたから……行ってもどんな生活が待っているかと思うと怖くて怖くて……っ、だって引き取りに来るのに事前に連絡もしないのよ!?　こんな風に人目を避けて急に現れたなんて、きっと何か企んでいるに違いないわ。それに、私、気持ちの整理も……みんなにお別れも言えてないのに」

俯《うつむ》いたミラベルは、擦れた声で言った。

雨の日も雪の日も一年中働いている子ども達に休息日はない。もうすでに全員寝ている時間だ。

「どうしよう、私がこんなに急にいなくなったらみんな泣いてしまうわ」

「……うん」

明日の朝事情を知れば、皆寂しがるだろう。

「お願いがあるのマリー」

やけに優しい声音でミラベルは囁《ささや》く。

「私の、代わりに、行ってくれない？」

「おい⁉」

院長の咎《とが》める声をそのままに、ミラベルはマリーにぐっと近づいた。

「お父様とお母様は駆け落ちしたの。……今引き取りに来ているお祖父様は、私に会ったこともないわ。入れ替わってもバレやしない」

「でも……」

摑まれた腕が痛くて、怯《おび》えたようにマリーは首を振った。

いくら会ったこともないとはいえ、ミラベルと自分は何もかも違っている。上手く隠し通せるとは思えない。それに『おじいさま』はミラベルのことを嫌っていると今聞いたところだ。

そこに、自分が、何故。

「だめ……できないよ」

「お願いよマリー」

ミラベルは宥《なだ》めるように言って、ふ、と孤児院の責任者を見上げた。

「ね、院長せんせい、どう？」

「……」

名前を呼ばれて、院長は少し黙り込んだ。

彼は、その赤ら顔をゆっくりと撫《な》でながら、対照的な二人の少女を見比べる。

「お前は、それでいいんだな？」

「ええ」

「わかった」

「院長先生……っ!?」

ミラベルにだけ確認すると、男はマリーの腕を掴んだ。

「来い、とにかくそのみっともない格好をどうにかしないと客の前に出せん」

その場に何とかとどまろうと女の子が足を踏ん張るのを無視し、彼は軽い体を引きずった。

「待っ……ミラベル！」

水場の方に連れて行かれながら、マリーがミラベルに手を伸ばす。と、彼女は胸の前で手を組み、孤児院で一番と謳《うた》われる美しい顔で微笑んだ。

「ありがとう、マリー。一生恩に着るわ」


マリーの身支度を職員の女に任せた院長は応接室へと戻った。

ドアを開けると、ウィリアムと名乗った訪問者は、ソファに座って暗い窓の外を見ていた。雨は酷くなる一方で、庭の木が大きく揺らいで悲鳴をあげている。

部屋の隅には白いシャツと黒いベスト、細いズボンを穿《は》いた灰色の髪の執事が、息をしていないかのように静かに佇《たたず》んでいた。院長に気づいた彼は、その三白眼の目を細めた。

「お待たせしております」

ドアを閉じると、ウィリアムが振り返って言った。

「いいや、急に来たのはこちらのほうだから気にせず。別れを惜しむ時間も必要だ」

院長がウィリアムの対面に腰掛ける。

ソファの間に置いている机の上には、頑丈な革の鞄《かばん》が載っていた。

「こちらには孫の他にもたくさんの子がいると聞いています。あなたは素晴らしい慈悲の心をお持ちのようだ。身寄りのない子ども達を立派に社会に送り出すなど、誰にでもできることではありません」

「いやいや、皆やんちゃばかりで、目の行き届かない時もありますが」

「それはもちろん、大変なことでしょう」

灰色の髪の男が、音も立てずに近づいて革鞄の留め金を開けた。

「素晴らしい慈善事業ですね。これは、僕からのほんの気持ちとしてお受け取りください」

「――――これは」

院長は息を飲んだ。

鞄の中には、彼が見たこともない量の紙幣がぎっしりと詰まっていたのだ。束ねられた一つをとってパラパラとめくるが、どれも新札に違いない。

しかも札束の端に納められたケースの中には、様々な種類の宝石が並び、溢れんばかりに光り輝いていた。

「いただけません、こんな」

「孫をここまで育ててくれた礼を含めた、救済院への寄付です。お気になさらず」

「寄付、ですか」

「寄付です」

きっぱりと言い切ったウィリアムを前にして、院長は唾を飲みこんだ。

視線は親指の爪ほどの大きさのルビーやサファイアに釘付《くぎづ》けのまま。

「……その、寄付であるならば……」

日の眩《くら》むような大金を前にして、彼はどこか上の空で口を開いた。

「できましたら、もう少々……」

「んん？」

ウィリアムは眉をひそめて、鷲《わし》の彫刻がされた杖で軽く自分の顎を叩《たた》いた。

その訝《いぶか》しげな声に、はっと院長は我に返った。優雅に足を組み直した紳士は、背後に佇む執事を見上げる。

「……ハイムズ君。僕は今、孫を育ててくれたお礼とお金を差し出したが、彼はそれでは物足りなかったということかな」

「そ、そんなことは……」

「旦那様、違います。彼は他の子の分も金を寄越せと申しております」

「そんなことは！」

無機質な執事の言葉に、院長が慌てて立ち上がる。

しかし彼が弁明を口にする前に、ウィリアムは合点がいったように表情を明るくした。

「ああ、なるほどこれは失礼！　もちろんだよ。いやすまないね、この年になるとどうも気が回らなくて」

照れたように笑う彼はどう見ても三十を越えたところ。それどころか、二十代だと言っても通じるだろう。

どう反応すべきか院長が戸惑う中、ウィリアムはパタパタと服を叩いて、小さく肩を竦《すく》めた。

「ただ、申し訳ないが持ち合わせがなくて……小切手を切らせていただいてもいいかな？

ハイムズ君」

名前を呼ばれた男が躊躇《ちゅうちょ》もなく、懐から小切手を取り出した。

コンコン。

その時、応接室のドアが静かにノックされた。

「院長、お連れしました」

廊下から聞こえて来た職員の女の声に、院長は「失礼」と客人に断って、一人で暗い廊下に出た。

しっかり扉が閉まったのを確認して、囁くような小さな声を出す。

「少しはまともな身なりにしたんだろうな？　金を搾り取れる上客だぞ」

うんざりした様子で女が答えた。

「できてるよ。苦労したけどね」

冷たい水で、垢《あか》と痣《あざ》だらけの体を洗われた少女は、先程までと違い小綺麗なワンピースを着ていた。俯き加減で、その裾を握る少女を眺め、院長は鼻を鳴らす。

「……まぁいいだろう。いいか、お前は一切余計な口を開くなよ」

この替え玉は、彼にとって絶好の機会だった。

金髪の少女ミラベルにはすでにいくつもの引き取り手が名乗りをあげている。娘を亡くした下級貴族から孤児院の常連まで様々だが、どれもそれなりの値段を払おうとしていた。

それに比べて、この血を溶かしたような髪色の子は、気味が悪いと仕事先を見つけるのさえ苦労していた。

「お前なんぞ、ミラベルの代わりでもないと何の価値もないからな。これでようやく厄介払いが出来る」

院長は、先程ケースから持ち出した宝石を手の中で転がした。肌に伝わるその滑らかな手触りに、彼の顔が喜色に歪む。

入れ替わりの利点がもうひとつ。弱味を握った状態で送り出せば、後からいくらでも、この少女からウィリアムの財産を脅し取れる。

「返事はどうした！」

「……っ」

吠《ほ》える獣の声。言われた言葉に黙って俯いたままだったマリーは大きく体を震わせた。

食べ物すら満足に与えられず、虐げられ続けてきた女の子は、震えながら頷くしかなかった。


暗い廊下から眩《まぶ》しい応接室に入って、マリーは眇《すが》めていた目を開いた。

明かりに慣れてみれば、中にいる人たちの姿が見えてくる。一人は、直立不動でソファの後ろに立つ男の人。

そしてそのソファには金の髪をした、精巧な人形のように美しい人が座っていた。

しかし、『祖父』の姿はない。

マリーが不安そうに部屋の中をもう一度見回すと。

「やぁ、君が！」

座っていた男の人が、ほとんど駆け寄るようにマリーの目の前に来て、腰を落とした。

すらりとした体躯《たいく》に、陽に当たったことのないような白い肌。この世の美しさを全て集めたような彼の金の髪は、一本一本が芸術品のようだ。蒼い目は宝石そのもので、透き通ってすら見える。

左眼にマリーだけをうつして、彼は微笑んだ。

「赤い髪だね」

「……」

驚いて何も言葉が出ないマリーに、彼が言う。心臓が止まった。

「いえ、元々旦那のような金だったんですよ！　でもこの辺は水が悪くて、いつの間にかこんな気味の悪い色になっちまって」

院長の言い訳を聞きながら、マリーはスカートの裾を握った。

やはりダメだ。自分はミラベルにはなれない。

これは、血と錆の汚い色。

この色のせいでどこにいっても彼女は気味悪がられた。本当は、みんなと同じがよかったのに。どうにもならない現実が、彼女を苦しめる。

集団の中に入り込んだ異質。そのせいで、マリーの居場所はどこにもない。

「……君は、何を言っているのかな」

その時、低い声が聞こえた。

何故かひやりとした空気が部屋を通る。背中に寒気を感じて、マリーは隙間風だろうかと顔を下げたまま周りを見た。

その、赤い前髪をウィリアムが梳《す》く。

「すごく、綺麗な色だ」

聞き慣れない言葉に、女の子は恐る恐る視線を上げた。

「うん。その緑の瞳と合わせて、薔薇《ばら》みたいな女の子」

彼はマリーの両手をとって、指先に口づけた。

「僕が、君の祖父だよ。名前はウィリアム。初めまして」

優しい声に、マリーは驚いて目を見開いた。

どう見ても院長よりも若い。ミラベルの父と言われても納得ができた。

「あ、……えっと」

戸惑いと、訳の分からない温かさで胸がいっぱいになり、満足に返事もできないままそっと院長を覗《うかが》うと。彼は顔を真っ赤にして、恐ろしい目でマリーを睨んでいた。

それで疑問も聞くべき言葉も失せて、マリーは口を引き結んで前に向き直る。

「お名前は？」

「マリー……」

名乗ってから『ミラベル』と答えた方がよかったかと気づく。そこで改めて、ひやりとした心地になった。

――この人を、自分は今から騙《だま》すのか。

「よろしくね、マリー」

男は名前に別段不審がることもなく立ち上がると、自分の執事を振り返った。

「行こうか。ハイムズ君」

「はい」

執事が、持っていた外套《がいとう》を広げた。腕を差し入れ、それを羽織ったウィリアムは帽子を持たせたまま院長を見る。

「邪魔したね。小切手はまた改めて使用人に届けさせるよ。時間もないことだし今日はこれで失礼させてもらおうかな」


玄関から出てくる人物を、ミラベルは四階の窓からこっそり眺めていた。隣には、職員の女がいる。

「よくもまぁ頷かせたもんだ」

「あの赤髪が、私に口答えなんてするわけがないでしょ」

そう言ってミラベルは毎日手入れを欠かさない見事な金髪を撫でた。

孤児院の中でミラベルの扱いは格段によい。特に、そろそろ受け渡し先が決まる今となっては、辛い仕事に行かされることもなかった。すでにいくつかの、引き取り候補の家には顔を見せにいっている。

良家の子女を演じるミラベルはどこへ行っても歓迎されて、蝶《ちょう》よ花よともてはやされた。不遇な、慎ましく美しい少女が貴族の養子になる。華やかな未来は約束されていた。

「本当に会わなくてもいいのかい？」

「父に、祖父の話は少しだけ聞いているの。冷酷で気難しい、化け物のジジイに引き取られるなんてごめんだわ」

マリーに全てを押しつけた少女の言葉に、職員の女は笑う。

「バケモノねぇ……まぁ確かに。あぁ、出てきたよ」

小さく呟《つぶや》く女の声を、ミラベルはそれ以上聞いていなかった。

玄関から一人の大柄な男が出てきて庭を横切り、黒塗りの馬車を入り口につけた。

灯りの下までやってきたそれは――――、新しい家族たちの持つ馬車とは比べものにならない、豪奢《ごうしゃ》なもの。

そして、馬車から降りた男に導かれるように孤児院から出てきた人物に、ミラベルは絶句した。

そこにいたのは少女が見たこともない、彫刻のような造形の若い男。本の中で見た王子様そのものの姿に、ミラベルは一瞬にして心を奪われる。

目が覚めるような金の髪を凝視していると、彼は傍らに伴ったみすぼらしい赤髪の子どもに何か声をかけた。そしてその小さな体を大事そうに腕に抱き上げ、濡《ぬ》れないようにと自分の上着をその頭に掛ける。

それを見た瞬間、ミラベルは目の前の窓を叩いた。

「待って！」

分厚くつくられたはめ殺しのそれは開かない。勢いに唖然《あぜん》とする女を放って、ミラベルは廊下を駆け出した。

「どこに行くんだい⁉」

応えもせず階段を下りる。息が切れるほどの速さで廊下を走り、玄関にいる院長を押しのけて雨の中を飛び出す。

「っおい⁉」

しかしすでに黒い馬車は出発していて。全身ずぶ濡れになりながら、ミラベルは闇の中に目を凝らしてその姿を探した。

通りに出て、馬車がどちらに行ったか左右を見回したが、もうなにも見つけることができない。

「嘘《うそ》、嘘よ！　私が！　私が本物なの！　……っ違うの、待って‼」

美しい少女の悲鳴は風と雨にかき消され、誰の耳にも届かなかった。

夜の中を走る。

黒塗りの馬車は床にも席にも分厚いマットが敷いてあって、居心地はいい。しかしウィリアムの隣に座ったマリーは、身じろぎ一つせずに固まっていた。

上等な紳士の中には、孤児に心ない言葉を吐く人もいる。以前ぶつかっただけで服が汚れたと、罵られたこともあった。だから、とにかく彼に触れないようにとそれだけを考える。雨除けに頭に掛けられていた上着も、すでに丁重に畳んで返していた。

窓の外は相変わらず雨がひどく降っている。

「孤児院もこの辺りも見納めなのに、こんな夜に連れ出して悪かったね」

言われて顔を上げる。じっとウィリアムがマリーを見ていた。

「いえ、……その」

何も言うなという院長の言葉が残っていて、口ごもる。そこで、手袋をした手が伸びてきて、女の子は身構えた。

殴られる、と条件反射で痛みに備えたが、予想に反してその手は優しく、マリーの小さな頭を撫でた。

それは、彼女の知らない感覚。

「到着するまで時間があるから、僕は少し寝るよ」

え、と思う間も無く抱きあげられる。ウィリアムの膝の上に乗り、戸惑っているマリーを抱き寄せて、彼は小さく欠伸をした。

「おやすみ」

言うが早いか、ウィリアムは目を閉じた。

馬車は一定の速度を保ったまま、軽やかに力強く進んでいく。灯りが最小限に抑えられた室内は寒くもなく暑くもなく、天井から静かな雨音が聞こえてくる。心地よい震動が抱かれた体を通して伝わってきた。

ウィリアムからは、ふわりと甘い花の香りがする。その小さな寝息に眠気を誘われて、マリーも男に凭《もた》れてすぐに瞼《まぶた》が重くなってきた。

自分がこれからどうなるのか、どこへ行くのか。何もわからない不安もそのままに、マリーも眠ってしまった。

温かい空気と湿気の気配に、ふと意識が戻る。

蒸し暑い夏の、締め切った部屋のようなそれから逃れようと、ぐずるように身を捩《よじ》る。と、ぐっと服を引き寄せられた。

「……え」

瞬間的にマリーが目を開けると、至近距離にウィリアムがいた。

上着を脱いでシャツとベストの姿になり、腕まくりをした彼は、マリーの服に手をかけていた。今彼女がいるのは、やけに広い浴室だった。

大きな船のような陶器に、灰色の髪の男がお湯を注いでいるのを、椅子に座るマリーは見上げた。

「？」

状況が分からないままでいると、ミラベルの祖父がさらに少女のボタンを外していく。

「あ、あの」

「先程、本日宿泊するホテルに到着しました。今から旦那様がお嬢様を湯に入れようと企んでおります」

「自分でできます！」

お湯を入れ終えた執事の言葉に、マリーが半ば脱がされた服を引っ張る。

襟を押さえた女の子を見て、ウィリアムがじろりと執事を見た。

「ハイムズ君、なんでそんないかがわしい言い方を⁉　僕は純粋に、孫を温かい湯で洗ってから寝かせようと思っただけだ！」

「失礼しました」

持っていた壺《つぼ》を小脇に抱えて、灰色の髪の男――ハイムズは素直に頭を下げた。

孫、の言葉にマリーは自分の状況を思い出す。

万が一にでも、疑われるようなことはしてはいけない。いや、しかし、知らない男の人の前で裸になるなんて。

「捕まえた！」

「っ、本当に、自分で、あの」

「いいからいいから」

迷っているうちに、全く遠慮のない手が伸びてきてマリーのワンピースに手を掛けた。精一杯布を摑んで抵抗したが甲斐《かい》もなく、ボタンが全部外される。しかし、その下の肌が見えたところで、ウィリアムは動きを止めた。

マリーも視線を追って自分の体を見下ろす。

痩せた体の至るところに、痣や傷痕がある。女の子にとっては見慣れたそれを見つめたまま、ウィリアムが口を開いた。

「ハイムズ君」

「はい」

「食べやすくて栄養のあるものを、すぐに」

「畏まりました」

ハイムズが浴室を出て行く。脱がそうとする手から力が抜けたのを感じて、マリーはほっと息を吐いた。

今何時頃だろうか。色々あって忘れていたが一日ろくに食べていない胃が、改めて空腹を訴える。

「――隙あり！」

「⁉　きゃあ！」

気が抜けた瞬間にウィリアムに服を剝ぎ取られて、湯の中にどぼんと放り込まれた。

「っぷは」

頭からずぶぬれになったマリーは、水面から顔を出し、そこが一面もこもこの泡で覆われていることに気づいた。

「食事ができるまで、ゆっくり温まりなさい」

そう言って、ウィリアムは浴槽の縁に腰掛ける。髪から水滴を垂らしながら、マリーは困った顔で彼を見上げた。

ミラベルの祖父は何者なのだろう。馬車もすごかったが、こんなに贅沢《ぜいたく》に湯を使うことなど初めてだ。

自分が入っていたら、折角の湯や泡が汚れてしまうのではないだろうか。前に居座られては出るに出られず、マリーは焦って体をもぞりと動かした。

「……もう出ていいですか？」

「まだだよ」

組んだ足に頰杖をついて、ウィリアムは泡だらけのマリーを見る。

「体も洗ってからだ」

言われて、女の子は泡をほんの少しをとって、手に擦り込んだ。

「洗いました。もう出て」

「まーだ」

そんなやり取りをさらに数度繰り返すと、ウィリアムが息を吐いて縁から立ち上がった。

「わかった」

そう言うと、ウィリアムはマリーの前で突然ベストとシャツを脱いだ。

「へ⁉」

突然現れた彫刻のような上半身に、マリーは思わず手で目を覆った。

見てはいけないものを見てしまった気がして、顔を真っ赤にして湯の中でうずくまっていると、服を脱いだウィリアムが浴槽に入ってきた。

「よいしょ」

「！」

日隠ししたまま腋《わき》の下を支えられ、その場で立ち上がらされた。

「あ、あああ、あの」

「そのままそのまま」

腕を摑まれて、冷たい手がお腹に触れた。


ウィリアムは顔を手で覆うマリーの体に指を這《は》わせた。自分とは違う、温かい体に手を滑らせて泡をどかし、傷の具合を検分する。

女の子の体は至るところに、折檻の跡が見えた。

鞭《むち》のためか、線状の赤い火ぶくれのようなものから、青黒くなって腫れているものまで。その上、ひどく肋骨《ろっこつ》が浮いていた。

とても成長に必要な栄養が与えられていたとは、思えない状態だ。

孤児院から馬車を走らせて、彼らが宿に選んだのはこの高級ホテル。

今日泊まるのは、三間ほどが続きになっているダイニングに、独立した寝室やパントリーもある一等室だ。もちろん浴室も広いし、入浴に必要な道具もいろいろ揃《そろ》っている。

彼は今まで使ったことはないが。

食事の準備も大詰めなのか、すでにいい匂いが漂いだしていた。

「こうやって洗うんだよ」

ウィリアムは少し屈んで湯の表面からたっぷり泡を掬《すく》って、マリーの首を撫でた。

「っ……？」

マリーの体が一瞬身構える。可愛らしく反応した様子に笑って、ウィリアムはその細い体を洗っていった。

首から胸、お腹と、彼が傷をなるべく避けているのが分かったのか、緊張した体から少しだけ力が抜けた。背中にある痣にもなるべく触れないようにして、泡を掬っては肌に擦り込む動作を繰り返す。

「マリーの好きな食べ物はなんだい？」

手を動かしながら聞けば、少しの沈黙があった。

「……一回だけ食べた……プディング……？」

しばらくして目隠しをしたまま女の子が呟く。その答えに、ウィリアムは微笑んだ。

「そう、よかった。それならうちのパティシエの得意料理だ」

言って、手の中にすっぽり収まってしまうほどの小さな頭を撫でる。力を入れるとそのままもげてしまいそうなので、相当な手加減をしながら。

「帰ったらたくさん作ってもらおうね」

「たくさん？」

「ああ、好きなだけ食べなさい」

マリーは頬をわずかに緩めて、ただウィリアムの手の動きに身を任せている。

ふむ、と男は心の中で頷いた。そんなに好きなら、毎食でも作らせようと、決心した。

そしてそろそろいいかと顔を覆う手をとる。緊張した様子だったが戻されることはなかったので、その指の先まで丁寧に泡をつけた。自分の手で包めてしまうほどの手指の間にも泡を擦り込む。まるで恋人つなぎのようにしていると。

「あ、の」

本当に恐る恐るといった感じで、マリーは目を開けた。

頬を上気させたマリーの緑の眼が見上げてくる。砂金のような光の粒が中で揺らめく、赤い髪と同じく彼女を彩る素敵な色だ。

「ん？」

抉《えぐ》り出して食べてしまいたいほど綺麗な瞳に、ウィリアムは胸の内を隠して目を細めた。

好きなものは何かなんて、マリーは初めて聞かれた。

考えてみれば初めてのことだらけだと、泡で洗われながら思う。

傷に沁《し》みるのを覚悟して力をこめれば、マリーにやってきたのは思いもしない優しい感触だった。体を撫でる手はどこまでも優しい。先刻孤児院で体を擦られた時は怖くて痛くて早く終わって欲しいと思ったのに。

「……っ」

けれど、触れるウィリアムの体温はひどく冷たい。先に湯で温まるべきは彼の方だったのではないだろうか。そこまで考えて、先ほど一瞬だけ見たウィリアムの体の残像を首を振って追い払う。

そうだ、これは家族として体を洗ってくれているだけだ。マリーは目をつむりながら自分にそう言い聞かせた。だからウィリアムが触れる度に、ぞわぞわした何かが体に走るのも我慢した。それはくすぐったいとも少し違って、なんだか体の奥が落ち着かなくなる感覚だった。

「は……」

お湯のせいか、だんだん体の力が抜けてくる。頭がぼーっとしている間に目隠しをとられ、マリーはぼんやりと、大きな手が自分の指を洗うのを見た。

「あ、の」

見上げると、マリーの体が宙に浮いた。

「え」

ウィリアムが泡だらけのマリーを抱えて、体を縁に腰掛けさせたのだ。

彼自身は湯の中にいて、マリーの曲げた膝を伸ばしてその爪先まで泡で撫でて、最後に軽くキスを落とした。

「ん、っ」

彼の手が、喉に触れた。これだけ湯に入っているのにそれはひやりと氷のようだ。火照る体が一気にさめるほどの温度に思わず体を竦ませたところで、身を寄せたウィリアムの指先が、首筋に張り付く赤髪を払った。

「……美味しそう」

小さく呟いて、ウィリアムは座るマリーの首に顔を近づけた。

「食事の準備ができ……」

コンコン、と扉が叩かれると共にハイムズが姿を見せた。

タオルとローブを持った彼は、向かい合うウィリアムとマリーを見てわずかに口を開けた。そして無言のままそっとドアを閉めて出ようとする。

「もう十分温まりました！」

はっと我に返ったマリーが、慌てて立ち上がる。

立ち去りかけていた執事はもう一度浴室内を見て、持っていたタオルを広げて女の子を包んだ。マリーは今度こそ邪魔されずに浴槽から出た。

「食欲が出ましたか？」

マリーの髪を拭きながら、ハイムズが湯に入ったウィリアムに言う。

彼もお腹が空いているのだろうかと、真っ赤になったマリーはタオルの合間からそちらを見た。

ウィリアムが濡れた前髪をかき上げた。それで、顔の右半分が現れる。傷でもあるのかと思っていたそこには別に何もなく、ただいつも隠されていた顔全体が見えただけだ。あるのは、隙のない完璧な造形だった。

「……」

ウィリアムは何も答えずに、浴槽に凭れて天井を仰いだ。

マリーは、バスローブのままごちそうが載るテーブルについた。

布のかかったバスケットにはふわふわの白パン。平たく大きな皿に透明なスープ。じゅうじゅうと焼ける音を立てる肉の塊に、慎ましく添えられた野菜。瑞々《みずみず》しい色とりどりのフルーツ。

見た目も匂いも音も、食べてと女の子を誘う。見たこともない料理の種類と量に、お風呂から出たときにはぼうっとしていたマリーの意識が覚醒した。

けれど、不用意に手を出したら叱られるのではないかと恐れて、ナプキンをハイムズから首にかけられても、マリーはじっと堪え、反対側の椅子に座るウィリアムを見た。

日が合って、すでに着替えた彼は料理を前に腹を鳴らした子に、スプーンを握らせた。

「これは全部君のものだ。さぁ、冷めないうちに」

「食べないんですか？」

「僕はいいから。ほら」

体中を洗われた恥ずかしさはまだあったが、促されたマリーは拙い様子でスープをすくう。

なんの味かも分からないけれど、初めて食べるあまりの美味しさにそこからは夢中で透明な液体を口に運んだ。その様子を満足そうに眺めつつ、ウィリアムはハイムズに言った。

「そういえば、これからはうちにもシェフが必要だな」

「手配済みです」

「さすが」

しばらくスープを飲むマリーを嬉《うれ》しそうに見つめていたウィリアムが、ふいに中央に置いてあるパンを手に取った。

「はい」

一口サイズに千切ったパンを差し出す。

マリーはためらいつつも、目の前にある芳醇《ほうじゅん》なバターの香りに誘われるように手を伸ばした。その指からすいっと逃げて、男はもう一度パンを差し出す。

「どうぞ？」

彼の意図を理解して、マリーは恐る恐る身を乗り出して顔をパンに近づけた。

小さな唇がウィリアムの手からパンを受け取る。

しかし数度咀嚼《そしゃく》したマリーは、突然青ざめて、口を押さえた。

「……っん」

「マリー!?」

数日、いや数年ほとんどろくに食事が取れなかったマリーの体が、ふんだんに使われた油脂の重みに拒否反応を起こしたらしい。

放り込まれたものは止める間もなく、彼女の口から吐き出される。

思わず机のクロスを引っ張ると、そのままバランスを崩してマリーは床に倒れ込んだ。

スープ皿もフルーツもパンも一緒に落ちて転がる。

食器の割れる音が響く中、宙を舞った鋭いナイフがマリーの小さな手を傷つけて絨毯《じゅうたん》に落ちた。

「――――」

なんとかそれ以上の吐き気を飲み込んだマリーは、目の前の惨状に青ざめた。

「すみません、……っすみません」

慌てて這いつくばって、クロスで必死にスープや自分が吐き出したものを拭う。擦れた声で震えながら、謝罪の言葉を繰り返す。食事一つ上手に出来ない自分が情けなかった。

痛みに気づいて手を見れば、見る見るうちに切れた甲から血が溢れてきたが、それもそのままにマリーは手を動かした。

ふと誰かが近づく気配がした。

遅れてそれがウィリアムのものだとわかって、マリーは絶望的な気持ちになった。殴られるだろうか。それとも呆れてもう話しかけてくれなくなるだろうかと震えながら、ただスープを拭っていると、そっと手を取られた。

（え？）

片方だけ見える男の眼が、紅くなっていて。

それを認識した途端、マリーの体は石のように動かなくなった。これまでとは違うウィリアムの雰囲気に、女の子のこめかみを汗が伝う。

血の流れる手に彼の唇が触れた。冷たい舌が、赤色を追って肌を撫でる。

抵抗もできず、ぬるりと傷口を舐《な》められたマリーが息を飲んだところで――ウィリアムは胸ポケットから白いハンカチを取り出して、マリーの手を縛った。

「ここの片付けはいいよ、無理に食べさせてすまなかった」

痺《しび》れたように体が動かないマリーを立たせて、頭を撫でる。すでに目の色は蒼に戻っていた。

「旦那様、そろそろお時間かと」

無表情な執事が、懐中時計を取り出してその文字盤を眺めながら言った。

「さ、良い子は眠らないといけない時間だね」

「お嬢様はこちらでお休みください」

ハイムズが、廊下の先にいくつもある扉のひとつを示した。

扉を開けると、彼女がいつも眠っていた救済院の子ども部屋よりも広い空間があり、そこに、天蓋付きのベッドが一つ置かれて、柔らかい匂いの香が焚《た》かれている。

「でも、片付け……」

「お任せ下さい」

ハイムズの有無を言わせない口調に、マリーは躊躇《ためら》いながら頷いた。

手に巻かれたハンカチを指で撫でて、部屋に置かれている金時計を見た。

時刻は四時を過ぎたところ。

「あの」

声をかけると、二人の無言の視線が集まった。

「あと少ししたら仕事を始める時間ですよね。私、起きてても良いですか……？」

夜明け前には支度をしないといけない。今眠ってしまったらきっと寝過ごしてしまう。

「マリー」

それを聞いたウィリアムはマリーの肩に、困ったような表情で手を乗せた。

「君は、もうそんなことをしなくていいんだって言ったら、信じるかい？」

言って、ウィリアムはそっとマリーに顔を近づけた。

頬に冷たい唇の感触がして、すぐに離れる。

「時間のことは気にせず、ゆっくりお眠り。……おじいさまにもおやすみのキスをしてからね」

「……」

「遠慮しないで、さぁ！」

床に膝をついて目を閉じて待っているウィリアムを見る。

どうすればいいかわからずマリーがハイムズを見上げると。彼は無表情のまま自分の頬を、軽く指で叩いた。

こんな美しい人に自分から触れて良いのだろうか――そんな畏れを抱いたまま、しかし微動だにしないウィリアムに近づく。

こわごわと、唇を男の頬につけた。

しかし終わってもウィリアムは目を閉じたまま動かない。

困惑したマリーが再びハイムズに助けを求めたが、彼はあらぬ方に顔を逸らしていて視線が合わなかった。

「……ハイムズ君」

「はい」

執事は遠くを見ながら答えた。

「これはやはり、親睦を深めるために一緒に寝」

「お嬢様はお怪我をされていますが、我慢はできそうで?」

「…………おやすみ」

悔しそうにウィリアムが肩を落とす。

今の話の意図が摑めないまま、マリーはハイムズに背中を押されて寝室に入った。

ドアが閉まる瞬間まで、頰を押さえたウィリアムが嬉しそうな顔でひらひらと手を振っていた。

「何か必要なものはありますか?」

部屋に入ったハイムズはランプの明かりを最小限にして、ベッドの上に置いてあった白い布地を持ってマリーに近づく。

ウィリアムよりも大柄な男は、彼女の前に膝をついてそれを差し出した。

「こちらにお召し替えを。本来ならば私が着替えさせるべきでしょうが、ご自身でした方が気が楽でしょう」

「……はい……ありがとうございます……」

「当然のことですから、礼の言葉は必要ありません」

そう言ってハイムズが背を向ける。

どうやら出て行く様子はないので、マリーはベッドの陰でローブを脱いで渡された布地を広げた。

手触りのとてもいい布で作られたそれを頭から被る。なにでできているのだろうと、軽く肌を滑る感触に驚いていると、いつの間にか正面を向いていたハイムズがベッドの掛け布団を持ち上げた。

「どうぞ」

促されて、こわごわとベッドに乗る。

柔らかいマットに、そのまま体が沈んでしまいそうだと思っているうちに、上からそっと布団をかけられた。

「隣に詰めていますので、何かあれば呼んでください。……なんですか？」

じっと布団の中から見つめられて、ハイムズの無表情が少し揺らぐ。

その三白眼を見ながら、マリーは半分顔を布団で隠して言った。

「お母さんみたい」

「……褒め言葉として受け取っておきます」

ふっとランプの炎が消える。

一瞬にして真っ暗になった部屋から、ハイムズはドアの開閉音もさせずに外に出ていった。

（……そうか、きっと夢なんだ）

布団に優しくくるまれながら、マリーは思った。

手に巻かれたハンカチを顔に近づける。ノリの良くきいたそれは、ウィリアムの甘い匂いがうつっていた。

さっと夜に目が覚めたところからずっと、マリーは素敵な夢の中にいるのだろう。温かい湯に、優しく撫でてくれる手、美味しいご飯に、やわらかいベッド。ずっと憧れていたものばかりなのがその証拠だ。

そして、朝になったらあの寒い布団の中で起きる。けれど、それまでは。

ウィリアムの嬉しそうな顔を思い出しながら、マリーはゆっくりと目を閉じた。


起きた時、真っ暗な部屋の中に誰の気配もないことにマリーはまず混乱した。

何故誰も起こしてくれないのだろう。もう朝食は済んでいるのだろうか。時間に一秒でも遅れれば、ご飯が支給されることはない。

服を着替える余裕もなく、慌ててマリーはベッドから飛び降りた。

ゴン。

しかし目指す場所にあるべきドアはなく、マリーは思い切り頭を壁で打って床にひっくり返った。

「～～～～っ」

「お嬢様？」

尻餅をついたまま痛む頭を押さえていると、左斜め前方から低い声がした。

姿は壁の向こうで見えないがハイムズだ。そうとわかると、昨夜の出来事が蘇《よみがえ》る。

「……あれ……？」

周りを見回す。しかし、自分の手も見えないくらいの真っ暗闇。夜目が利かない女の子には、どこに何があるのか全くわからない。

けれど、体を覆う服はとても気持ちがよくていい匂いがする。絨毯はやけに毛足が柔らかく、転んでも怪我一つしていなかった。なによりここは、暖かい。

そうだ、ミラベルの祖父に引き取られたのだった。

胸がチクリと痛むその事実を思い出して、マリーはウィリアムの唇の感触がまだ残っている頬を、手で押さえた。

「……カーテンは開けましたか？」

ドア越しにそんな質問をされて、慌ててマリーは後ろを振り返った。

もちろん、何もわからない闇。

「開けてません」

答えると、かちゃり、と鍵を外す音がしてドアが開いた。

ランプを持つハイムズの姿が浮かび上がって、それに何故かほっとする。同時にやけに暗い、彼の背後にある部屋に違和感を覚えた。

「もう夜ですか？」

「いいえ。午後の三時を回ったところです」

十二時間近くも寝ていたと聞いて、マリーは目をまん丸にした。風邪で高熱が出たときも、こんなにベッドの中にいたことはなかったのに。

全ての窓のカーテンがぴっちり閉められたままの暗い室内を、マリーはハイムズの後ろに付いて歩く。

「こちらへ」

暗い影にしか見えない調度品を避け、ハイムズに手招きをされてマリーはテーブルについた。

寝る前の騒ぎの跡は綺麗さっぱりなくなっていて、代わりに新しいクロスの敷かれたそこに、白い皿が置かれていた。

ランプを机の上に置いたハイムズが、小さな陶器の鍋をとった。中に入っていた濃い黄色の液体を掬って、皿によそう。最後に緑のパセリを散らして、マリーの前に差し出した。

「カボチャの冷製スープです。しばらくは、こういうものの方がいいかと思って。どうぞ」

またもや有無を言わせぬ様子で言われて、軽く頭を下げてマリーはスプーンをとる。

とろりとしたスープを掬って、口に含む。

「お口に合いますか」

合うも何も。

「……おいしい、です」

甘いかぼちゃの味は冷たさを伴って、なんの抵抗もなくするりと胃に落ちていった。

「それはよかった」

無機質に答えて、それ以上は何も言わずにハイムズは傍らに立っている。

視線は静かに前を向いていて別に見られているわけではないのだが、その威圧感に急かされるように、マリーは急いでスープを飲んだ。食べ終わると皿が下げられて、代わりに違う皿が差し出された。

真ん中に穴が空いた、小さな山型のお菓子。

蜜が上からかかっていて、ふもとには赤いラズベリーが添えられている。

「…………っ」

そうと認識して、マリーの全身の毛が逆立った。

プディングだ。院で食べたのとは少し形状が違うが、間違いない。

「旦那様から好物だと聞いていますが」

「あ、はい……でも、えっと」

「卵と牛乳を多めにしているので、そこまで重くはないと思います」

ハイムズはそれ以上何も言わない。

伝えた本人であるウィリアムをマリーは思わず探したが、部屋の中にその姿を見つけることができなかった。

震える手で、スプーンにプディングの端をのせる。

ぱくりと食べると、甘い味が一気に舌の上に広がって、そのままさらりと溶けていった。もうほとんど味は記憶にないが、前に食べたものよりもずっと美味しい気がする。

もったいなくて、マリーはちまちまと小指の先ほどの量をすくっては、一生懸命食べた。

そして半分ほどお腹に消えたところで、ふと視線を感じてハイムズを見た。

彼は無表情のままじっとこちらを見ている。

「美味しいですか？」

スプーンを口に入れたままこくりと頷くと、ハイムズはほんのわずかに口元を持ち上げた。

それはマリーが初めて見る、執事の笑った顔だった。視線を再び前に向けて、彼は一言呟いた。

「それはよかった」


かなりの時間をかけてプディングを食べ終わったマリーは、食器を片付けるハイムズの背中を見ながら考えた。

本来なら、ここに座っていたのはミラベルだったはず。彼女は引き取られることを怖がっていたけれど、彼女の祖父も執事も優しくてとても温かい。なにも心配することなんてなかったのだ。

……だとしたら、やはり正直に言うべきだろう。

マリーはそれを思った途端に、不安そうに鳴る心臓を押さえ込んだ。

本音を言えば、あの孤児院には戻りたくはない。けれどこんな気持ちのまま、これからずっと過ごすなんて。

でも今であればまだ、間に合うはずだ。

ごめんなさいと謝って、ミラベルと交代して……。

意を決したマリーは椅子から降りて、ハイムズの服を少しだけ引っ張った。

「……あの」

「はい」

コンコン。

男が振り向いたところで玄関から小さなノック音がした。しかし、執事はじっとマリーを見たまま動かない。時間を置いて、再び控えめなノックが聞こえた。

「で、出ます」

「私が対応するのでお任せ下さい。それよりなにか用事があったのでは？」

ドアを開けようとする女の子を押しとどめて、真面目な顔でハイムズはマリーに問う。

三度目のノックが聞こえたときに、マリーは諦めて首を横に振った。

そこでようやくハイムズがドアに足を向ける。

やけに暗い廊下でハイムズが誰かと話しているのを漏れ聞くが、内容までは分からない。その間に、彼になんと言って伝えればよいのかと思案していたマリーの前に、対応を終えたハイムズがどさりといくつかの箱を積んだ。

白や青いストライプ、丸、四角、長方形の様々な箱を前にマリーが目をぱちくりさせると、ハイムズが蓋を開けた。

「急ぎで取り寄せたので、質はあまりよくなくて申し訳ありません。今日はどちらをお召しになりますか？」

「……？」

一抱えもある大きな箱の中には、可愛らしいデザインの服や、靴、帽子がひとつずつ入っていた。

「……私は、昨日着てた服で」

「あれはもうありません」

「え」

驚いて周りを見る。

そういえばあの服、着替えを終えた後ハイムズが持っていってから行方がわからない。

それも彼女にとっては、贅沢な品だった。一週間同じ服を着ることなど珍しくもなかった女の子は、箱の中の精錬された美しさにおののいて後ずさった。

ハイムズは首をふわりとしたフリルで隠す、黒いワンピースを持って立ち上がった。

「こちらではいかがですか。お嬢様の赤髪によく映えて」

「いい、いいです、これで」

今着ている服を抱く。

布はしっかりしていて、白いワンピースと言っても通じるはずだ。

「それが気に入りましたか」

「はい！　すごく！」

「わかりました。それなら百着用意しますので、機嫌を直してひとまずこちらを着てください」

「嘘です気に入ってません！」

このとても着心地のいい服は、マリーがどれだけの時間働いたら一着を手に入れられるだろうか。用意は、なんとしても止めなければならない。

「……」

なぜなら、マリーは支払う対価を持っていないから。

偽物だと告げた後、彼らに騙したと責められても、何も返せない。

「…………わ、……っ私、ほんとは」

俯くと涙が勝手にこぼれる。

口下手な女の子が、真実を告げようと唇を震わせたその時。

「……失礼します」

上から大きな手が伸びてきて、労るように頭を抱えられた。そのまま、逞《たくま》しい胸に引き寄せられる。戸惑いつつ視線を上げると、潤む視界の先に眉をひそめたハイムズの姿があった。

導かれるように、マリーは膝をついたハイムズの胸に縋った。ぎゅ、と服を掴んでほとんど無意識に、涙をその胸元で拭う。

「すみません。少し……意地悪をいたしました」

そのまま軽く背中を撫でられる。それにマリーは首を振った。

違う。こんなに優しくされたのが初めてでどうしたらいいかわからないだけだ。

そして、こんな風に扱ってもらえるのも、身代わりだからだと思うと自分が惨めになるだけで。

きっと、誰からも愛されるミラベルならもっと上手くやれるはずなのに。

こんな風に泣いたことなどどれくらいぶりだろう。涙も、しばらくすると収まってきた。

「あ、ありがとう、ございま……」

会ったばかりの男の人に慰めてもらったことが恥ずかしくなって、マリーは縋っていた体を少し離した。

不意に、それを阻止するように頭の後ろにその大きな手が移動した。

（……え）

そのまま、わずかに仰け反らされる。

不自然な姿勢をどうにかしようとマリーは身を捻るが、腰を強く抱かれて動けない。そのまま、暗い天井が視界に入ったところで、首筋にハイムズが顔を近づけた。

固い髪の毛がマリーの柔肌を撫でる。

吐息が首に掛かった。

それほど近い距離にハイムズの口があるのに気づいて、女の子が目を見開いたところで。

「ハイムズ君」

静かな声がした。

寝室に続くドアの枠。そこに、ウィリアムが腕を組んで気だるげに体を凭れさせていた。

ランプの光に片方だけ見える紅い瞳が照らされる。長い金髪を結いもせず垂らして、悠然と微笑んだ男は、この世のものとは思えないくらい美しかった。

「二度目はないよ」

「はい、申し訳ありません」

ウィリアムの声に応えたハイムズは、いつも通りに戻っていた。

今のやりとりがなんなのか、何が起きて何が起きなかったのかもわからない。

マリーは結局何も言い出せないまま、夜を待って彼らとともにホテルを出発した。

ウィリアムに「着いたよ」と揺り起こされたのは夜明け前のことだった。

眠る前よりも少しスピードのあがっている馬車の中で、マリーが目を擦るとウィリアムが、カーテンをわずかに開けて外を眺めていた。

陽はまだ出ておらず、藍色の空を背景に見渡す限りの暗い森が見える。勾配のあるところを登っているらしく、少しずつ片側の視界が開けてきた。

しかし、着いたと言われて半刻が経っても、馬車が止まる気配がない。

「あの」

「ん？」

マリーの位置は、ぬいぐるみのようにウィリアムの膝の上だ。

未だに慣れることのないウィリアムの美貌にどきりとしつつ、胸元に赤いリボンの付いた黒いワンピースを着たマリーは問う。

「着いたんじゃ……」

「着いてるよ？」

何事も無いように言われるが、まだ森の中だ。

「森に？」

「そう。うちの庭」

けろりと言われたところで、ようやく馬車の速度が弱まる。

馬車が高い鉄門の中に入る。その先には、暗い森を背景に丸い月に照らされた城があった。前に並ぶのは数十人のメイドや執事、使用人たち。

馬車を止めたハイムズが、御者台から下りてその扉を開ける。

異様な光景に圧倒されて、マリーは馬車の中で硬直していた。

「マリー、おいで」

ウィリアムに差し出された手をとって馬車から降りた。マリーと手を繋《つな》いで上機嫌な様子のウィリアムは召使いの間を歩いて行った。かしずく人々は頭を下げたまま微動だにしない。その誰もが、とても綺麗な顔をしている。

彼らは、こんな早朝近くまでウィリアムが帰ってくるのを待っていたのだろうか。

「ここが今日からマリーの家だよ」

ウィリアムの声が、静かな森に響いた。

「そのうちに、全て君の物になる」


中に入ってまず驚いたのは、見上げるような高い天井だ。ランプで照らされてなお暗いその先には、絵や紋様が描かれているのがわずかに見てとれた。

上階に至るための螺旋《らせん》階段は途中でいくつも分岐して、それぞれが別の階に繋がっている。着いた先の廊下も、さらに十字に道を枝分かれさせていた。

見ているだけで酔いそうな迷路の中を、ウィリアムもハイムズもなんの迷いもなく歩く。

「こんばんはお嬢様」

「見事な花が咲いていたので、お部屋に持っていきますね」

廊下を進むといろんな人が声をかけてくれた。

出迎えが済んで仕事に戻ったメイドに廊下で会うと、皆、端に寄って頭を下げる。途中でハイムズと同じような格好をした男の人が近づいては、二人と一言二言会話をしてすっと離れていく。

今までの生活と違いすぎる光景にマリーはビクつくばかりで、城の中を案内されても、とても頭に入ってこなかった。

自分がどちらの方角に向かっているのかすらわからないまま、前を行くハイムズが一つの扉を開ける。

そこは屋根の付いた温室のようなところだったが、外はほとんど見えない。

「ここは、僕のお気に入りの場所なんだ。どうかな」

ウィリアムがマリーを振り返った。

温かい空気の中で、あちこちに植えられた花が咲き乱れ、その間を見たこともない青い蝶が舞っている。

暗い部屋を照らすのは、天井から吊《つる》された燭台《しょくだい》に灯るロウソクのみ。

「きれい……」

幻想的な風景に思わず呟いたマリーが、目の前に飛んできた蝶を追う。

ふわりと空気を震えさせる蝶に誘われるように手を出すと、その指に、蝶が止まった。

思わぬ出来事に目をぱちくりしている女の子に笑って、ウィリアムは温室の一角に置いてある小さなテーブルに手をついた。

同じ作者のものだろう、テーブルと同じ意匠が凝らされた椅子も二つ用意されている。

「ここにあるもの、屋敷にあるもの、使用人も含めて全て君の好きにして良いよ。その代わり……と言っては何だけど、マリーには見返りを要求させてもらおうか」

「……はい」

どんな無茶を言われるかと身を固くしたマリーに、ウィリアムは言った。

「ここで、毎日僕と夜のお茶会をしてくれるかな？」

「……おちゃ、かい？」

聞き慣れない言葉を鸚鵡返《おうむがえ》ししたマリーをそのままに、ウィリアムは扉を振り返った。

「と、言うことで記念すべき一回目のお茶会だ。ハイムズ君！」

「はい」

ハイムズが一度、手を打つ。その合図を待っていたように、扉が控えめにノックされた。

スコーンやケーキ、サンドイッチ、そしてプディングを載せたワゴンを押したメイドが二人、静かに入ってくる。

彼女たちは手際よく、白いクロスの敷かれたテーブルの上にそれらを並べていった。

お菓子が溢れるほど載った三段のスタンドの周りには様々な色のクリームや果物が飾られている。眩しすぎる世界が着々と出来上がっていく様から目を離して、マリーは傍らのウィリアムを見上げた。

「それ以外の時間はなにをすれば……」

「なんでも。本を読んだり、刺繍《ししゅう》をしたりダンスをしたり」

提案されて、マリーは少し眉を下げた。具体的にそれをしている自分を想像できなかったからだ。

字は読めないし、針仕事以外の技術はないし、ましてや踊ったこともない。

返事がないのを見て取って、ウィリアムは苦笑した。

「苦手かな？」

「はい。多分、とても」

「そう」

ウィリアムはマリーと正面に向き合った。

色とりどりの花が咲く温室で、軽やかに蝶が舞う。照明は火灯りで音楽は……噴水から水が溢れて、水路を通っていくせせらぎが聞こえる。

「可愛いお嬢さん、僕と一曲踊っていただけませんか」

優雅に礼をしたウィリアムに、手を差し出される。戸惑った表情のマリーを見て、絶世の美貌を持つ男は囁いた。

「手を乗せて」

恐る恐る、マリーは手を差し出した。

「喜んで、って言いながらだと尚良いかな」

「……喜んで」

そのままウィリアムにエスコートされて、部屋の中央に出る。

水音がするだけの温室で優しく背中に手を置いた彼は、足を一歩前に出す。それに導かれるように片足を後ろに引いたマリーに笑って、彼はステップを踏んだ。

「中々上手だ、ここで回ってみようか」

上手が一段と高く持ち上がって、それにつられてくるりとマリーが体を回転させる。上手だと軽く頭を撫でられて、ウィリアムは何かの曲を口ずさみながらダンスを続ける。メロディだけを唇にのせながら、マリーにもついていけるようにゆっくりと。

風に舞う羽のように意図せずとも体が動く。まるで自分がお姫様になったような心地で、マリーはただウィリアムに身を任せた。

そして最後に、そっとマリーの手を離した彼は胸に手を当てて一礼した。

「僭越《せんえつ》ながら、お相手いただきありがとうございます」

マリーもすぐにぺこりと頭を下げる。と、ウィリアムは目の前で膝をついて、女の子の手をとってそのスカートの裾を持たせた。

「レディは、はにかみながら少し腰を落とすだけでいい」

そう言われて、マリーは一人で舞台に立たされた気持ちになった。

上手くできるだろうか。

ここまで完璧な時間だったのだから、失敗してはいけない。

美しいメイドさんたちの様子を思い出しつつ、彼女は裾を摘んだまま少し膝を曲げた。

そしてウィリアムを見て、ほんの少しだけ、頬を緩ませた。

それを見た彼は、驚いたように片方だけの目を見開いた。

「え」

突然抱き上げられ、視線が高くなったマリーは思わず足をばたつかせた。

女の子の体を、高く持ち上げたウィリアムは叫ぶ。

「ハイムズ君！！！」

「はい」

用意ができて、ワゴンを運んできたメイドたちは、あっけにとられた表情でこちらを見ていた。

「楽団を呼べ！　僕がマリーにダンスを教えるから！」

「畏まりました。すぐに連絡を」

「あ、あぁあ、あの！」

またやってしまった。安易に彼らの言葉に乗ると、数百倍になって返ってくるということはそろそろ胸に刻んだほうがいいかもしれない。

「……おじいさまの歌でじゅ…………お、お願いします」

十分です、と言いかけてやめる。

十分どころか一人で聞いていたのが勿体《もったい》ないくらいだ。いつもの声色より少し高いくらいのメロディが、とても素敵だったから。

「あ」

そして、言ってしまってからはっとする。

ウィリアムはマリーの祖父ではないのに、思わずその名で呼んでしまった。急いで口を引き結んだが、出た言葉はもう戻っては来ない。

自覚を持てと自分に言い聞かせてから、ちらりとウィリアムを見れば、彼はぽかんとした顔をしていて。

「きゃあっ」

腕を支える男の手から不意に力が抜けて、マリーの体は重力に逆らえず落ちる。

が、床に落下する前にハイムズが危なげなくキャッチしてくれた。

「ありがとうございます……」

「どういたしまして」

そして示し合わせた訳ではないが、二人とも自然に視線がウィリアムに向いた。

落っことした本人は、細かく震えていた。そしてぱっと顔を上げると、とても嬉しそうに両手を広げた。

「そうだよおじいさまだ！」

「ウィル！」

「ぐっ」

そこで突然、ウィリアムのうめき声とともに温室中に女性の声が響く。

いつの間に入ってきたのか、美女がウィリアムに勢いよく後ろから抱きついていた。

「ウィル、今日も相変わらず美味しそうね！」

彼女は豊かな胸元を惜しげもなく晒《さら》し、動く度に栗色《くりいろ》の巻き毛をなびかせた。ぴょん
ぴょん跳ねると、腕に絡めた毛皮が胸とともに上下に揺れる。

「やぁベルベロッサ……相変わらずすごい格好だね」

ウィリアムが、腰に回った白い腕を外そうとしながら言う。

「あなたに会うためですもの、趣向を凝らさなければね」

千人に聞けば千人が美しいと言うだろう彼女は、抱きついたまま大きな目でウィリアム
を見上げた。その足下には、小さな黒い猫がちょこんと座っている。

「それで、私との結婚の話は考えてくれた？」

「！」

ウィリアムは結婚するのか。その単語にちくりと胸が痛んだマリーがウィリアムを見る
と、彼は無表情で首を振った。

「いや全く」

「ああんつれない‼」

「にゃー！」

引き剝がす手に、黒猫が加わる。それを察知して、ベルベロッサと呼ばれた美女がさら

にウィリアムに抱きついた。

「なによリン！　もう少しくらいいいじゃない！」

「にゃー！！！！」

「だいたい、ウィルに抱きつくのが十五秒までだなんて、あの人も心が狭いの‼」

「こちらはベルベロッサ様。なくなられた奥様の親友です」

ハイムズが手で美女を示す。

「奥様の……」

ミラベルが孫なのだから当然ウィリアムには妻がいたのだろう。今まで、話題にされなかった女性の話に、マリーは目をぱちくりした。

「ハイムズ君。冷静に説明してないで、この既婚者をひっぺがしてくれるかな⁉」

「ウィルのためならすぐにでも離婚するわ！」

「君の十一番目の旦那に逆恨みされそうだから遠慮しておくよ」

最終的にハイムズに引きはがされた女性は、しばらく頬を膨らませていたが、赤髪の女の子を見つけて、ぱっと表情を明るくした。

「あらあらあらあらあらあらあなたお名前は？」

「……マリーです」

「可愛い名前ねぇ。私はベルベロッサ、よろしくね」

美女は口に手を当てたまま、女の子と視線を合わせて握手をする。

「人間の女の子ってちっちゃいのねぇ、頭から食べちゃいたいくらい！」

握手の手が離れると、細い腕が伸びてきて、ぎゅーっと抱きしめられた。

柔らかく、温かな感触。何か怖い単語が聞こえた気がしたが、威圧を感じない声も表情も……可愛い人だとマリーは思った。

「今からお茶の時間かしら。こっちも美味しそうねぇいいわねぇ」

テーブルの上の様子を見て、マリーを抱いたままうきうきとベルベロッサが頬を染める。

それに苦笑して、ウィリアムはハイムズにもうひとつ椅子を持ってくるように言った。

夜が更け、女の子がうとうとしだして船を漕《こ》ぐまで、お菓子と紅茶を楽しみながらのおしゃべりは続いたのだった。

ウィリアムはお茶会の途中で眠ってしまったマリーを、そっとベッドに寝かせた。そしてそのままベッドの脇に座り、寝顔を見下ろした。

小さく寝息を立てる女の子の額にかかる髪をそっと払う。

「旦那様」

ハイムズが静かに部屋に入ってきた。一人のメイドを連れて。

「アデルバード様から書簡が届いています」

「また夜会の誘いだろう。適当に断って」

「畏まりました。お食事はどうされますか」

「あー……」

ウィリアムが口ごもる。

「……今日はいいよ、ありがとう」

「ですが」

「いいから」

執事は一礼して、メイドに退出を促した。

その間もじっと女の子を見ていたウィリアムは、しばらくしてハイムズを振り返った。

「食事といえばハイムズ君、誰かにお使いを頼めるかな？　小切手をスティングル孤児救済院まで」

「額は」

「そうだな……」

顎に手を置いてしばし思案する。

「あそこにいた子ども全員が、成人するまでに不自由のないくらいの額を」

「畏まりました」

そっとウィリアムは服の上から、余分どころか必要な肉すらないマリーの体に触れる。

「育ててくれた恩はあるけれど、マリーにこんな仕打ちをした仕返しくらいはいいよね？」

風呂場で確認した痣の位置に手をやると、女の子はわずかに顔をしかめた。

「命まではとらなくていいから。もう子ども達にあたる元気がなくなるくらい、彼らから『美味しい食事』を頂いておいで」

男はそう言って、鋭い歯を口の端から覗かせた。

第二章　白い兎《うさぎ》

広い廊下には、人の気配がなかった。重厚な骨董《こっとう》や装飾品を見ながら、マリーは自室から一歩を踏みだした。

見上げるような高い天井に、星座や月や神話が彫られているのを眺めて廊下に視線を戻す。

「……誰もいない」

彼女の小さな声は、聞く人もなく地面に落ちた。

マリーは、首からさげた金の鍵に触れた。ウィリアムから渡されたそれは、マリーの手に収まるくらいの大きさだが、不思議と城のどの鍵穴にもぴったりとはまるもの。鎖を胸元で揺らしながら、マリーは昼でも薄暗い廊下を進んだ。

大きな螺旋《らせん》階段、正面玄関、大広間、食堂、大量の部屋。そのどこにも、誰の気配もない。夜になればこんなにいたのかと思うほど活気と華やぎが溢《あふ》れる。それこそ、孤児院の朝以上に。

けれど昼は……。

ウィリアムとお茶会をして、明け方に寝て昼過ぎに起きるのがマリーの最近の一日だ。

一緒に暮らすようになってからわかったが、彼は猫のようによく眠る。

特に日の出ている時間は苦手らしく、昼よりも夜の方がまだ起きていられるらしいのだが――普通に夜も眠そうなことが多い。

当主であるウィリアムの体質上、ここでは日が暮れてからが基本的な活動時間なのだという。

「……」

女の子は小さく息を吐く。

マリーがここに来て二週間ほどが過ぎていたが、未だにウィリアムたちには本当の事が言えていない。

孤児院で責められ続けた記憶が、マリーの口を重くした。

明日には言おう、とベッドの中で誓うのに、ウィリアムとお茶をしているうちに、時間はあっという間に過ぎてしまった。

今告げれば、何故黙っていたのかと言われるに違いない。そう思うとさらに気持ちが萎縮した。

……城の仕事をするのはどうだろう。マリーが打開策として思いついたのはそれだった。

ひとまず食い扶持だけ稼げれば、孤児院でも最低限の居場所はあった。その経験上、それは中々良い考えのように思えたけれど。

『ひっ、いいです、お嬢様は見ているだけで！』

庭の手入れを手伝おうと鋏《はさみ》を持てば、顔の整った庭師に真っ青な顔で取り上げられ。

『こんな重いものを持たせるわけにはいきません！』

掃除道具を運ぼうとすれば美しいメイドに怯《おび》えられ。

『水を使わせるわけには！』

皿を洗おうとすると、台所から追い出された。そして無表情のハイムズにやんわりと、使用人達の仕事の邪魔をしないように諭されて、計画が頓挫する。

困った。

正体がばれたときに一段と不興をかっただけのような気がする。

皆が何処にいるのか探そうにも、ウィリアムの部屋も、ハイムズの部屋もマリーは知らされていなかった。

家族というのはそういうものなのだろうか。それを判断する材料を、マリーは持っていない。

窓から日が暮れかけるのを見る。そのどこか悲しげな色合いを眺めている時に――城の外、鉄柵の向こうに小さく動く影が目に入った。

「うさぎ……？」

それは、白い毛皮の大きな兎だった。鼻をひくひくさせながら、鉄柵の向こうでゆっくりと飛び跳ねている。

庭に出ても、兎はまだそこにいた。

城をぐるりと取り囲む柵の隙間から、マリーは手を伸ばす。小さな獣は逃げることもなくその場に留まり、なめらかでふわふわした毛皮の温かい感触が皮膚から伝わってきて、女の子は少しだけ頬を緩ませた。

兎は気持ちよさそうに撫《な》でられるままになっていたが、マリーの指が頭の方に向かうとふいっと逃げて、摑《つか》もうとした手は宙を掻《か》いた。

「あ」

届かないところにいってしまった兎は、その場でじっとマリーを見た。そして大きな後ろ足で地面を蹴って森の中へ跳んでいく。濃い緑の草の間に、白い大きな体と耳が少しだけ覗《のぞ》いている。

どこか外へ出られる場所はないかと、マリーは視線を動かした。

正面の門は高く大きいけれど、近くに人一人が通れるくらいの出入り口があった。金の鍵をさし込むと難なく開いた。

「うさぎさん」

重い鉄をなんとか押しのけて、外に出る。

兎は、マリーが近づくとまた動き出して柔らかい下草の間を進んでいく。

ぴょこぴょこと跳ねる可愛らしい動きに、女の子は夢中でその白い毛皮を追いかけた。

女の子と白い兎はつかず離れずの距離で進んでいく。ウィリアムが庭だと言った森はとても広く、どこまでいっても手入れされた木々と草が茂っていた。

けれども日が沈めば、森は急速に暗くなる。足下が見えないことに気づき、ようやくマリーは我に返った。不安に思って振り返ると、いつの間にか、城の姿が見えないところまで来ていた。

そろそろ帰らなければと、マリーが体を転じたところで『待って』と囁《ささや》くような声がした。

正面を見れば、白い兎が後ろ足だけで立ち上がっている。

小さな手は胸の前に置かれていて、紅い目がじっとマリーを見つめていた。

『戻っちゃいけない』

兎の小さな口が動いて、人の言葉をこぼす。

『一緒に来て。助けてあげるから』

提案の意味がわからず、マリーがかすかに眉をしかめると、兎は小さく息をついた。

『戻ったら君は殺される』

大きな兎はマリーにそう忠告した。無機質な記号のような声。だからその単語は非現実的に感じ、女の子はただ困惑する。

『信じてない顔だね。君はどこからきたの？』

「……スティングルの……孤児救済院……」

『ふぅん』

一瞬、間が開いて。

『城の中は楽しい？』

「うん」

これは迷いなく頷《うなず》くと、白兎はマリーの返事に憐《あわ》れみの眼を向けた。

『飼われていることも知らないんだ』

「かわ……」

『奴らにとって、君は豚や牛と同じ家畜さ。欲しいものを与えていいもの食べさせて、太らせて、最後には彼らの食卓に載るんだよ。今まで、あの恐ろしい城につれてこられた子どもたちが、生きて帰ってきたことなんてない』

いつの間にか森はすっかり暗くなっていて、兎の白い毛皮だけがやけに目に付いた。

「……嘘《うそ》」

これ以上聞いては駄目だ。

本能的に悟って、マリーは耳を塞いだ。けれども足は棒のようにその場から動かない。

呆然《ぼうぜん》とその場に立ち尽くす、女の子の些細《ささい》な抵抗を笑って、白い兎は真実を告げた。

『だってあの城にいる奴は全員――吸血鬼の化け物なんだから』

一歩下がる。足が動けば後は、踵《きびす》を返して急かされるように走り出した。それでも、後ろから無慈悲な声は容赦なく追ってくる。

『嘘だと思うなら、太陽が出ている間に探して御覧。奴らは一体どこにいるのかなぁ？』

兎を追う内にいつの間にか城からかなり離れてしまったらしく、森の中はもう真っ暗になっていた。あちこちでフクロウの鳴き声が響く中を、マリーは無我夢中で走って戻った。

履き慣れない靴で草を踏む。

しかし走っても走っても城は見えて来ない。そうだ、馬車であってもあれだけ時間が掛かったのだから、子どもの足ではなおさらだ。

しばらくすると闇の向こうでゆらりと揺れるたくさんの光が近づいて来た。

マリーの名前を呼ぶ声もかすかに聞こえる。

「ここ……」

応じようとして、声が擦れた。

――戻ったら君は殺される。

あの白兎の声が蘇《よみがえ》って、思わず立ち止まると。

「マリー!?　よかった！」

光の集団の中からウィリアムが迷わずこちらに飛び出してくる。

「姿が見えないから探してたんだ。なんだってこんなところに」

心配そうな顔で、地面に片膝をついてウィリアムはマリーの肩に手を置いた。

「ご……ごめんなさ、い」

――――あの屋敷につれてこられた子どもたちが、今まで生きて帰ってきたことなんてないよ。だって。

ハイムズが照らす光で、ウィリアムの顔を見る。

夜の中でも、いや闇の中だからなのか一際目を引く美貌。白く透き通る肌、ひやりとする冷たい手。薄い唇から時折覗くのは——鋭い犬歯。

「怒って、ます、か」

問えば、ウィリアムは渋い顔をして、マリーに手を伸ばす。目を閉じて身構えると、彼はマリーの額を人差し指で軽く小突いた。

「勝手に城を出たのは悪い子だ」

そのままひょいと抱き上げられる。見た目は筋肉質に見えないが、マリーを抱く腕は安定している。

見つかってよかったと、声をかけてくれる人たちを見て、少し迷って……マリーはウィリアムの首に手を回した。

「どうしたの？　珍しく甘えん坊だ」

それにピクリと反応したウィリアムは、しかし顔を伏せているマリーを見て、安心させるように背中をそっと撫でた。

具合が悪いと言って、そのまま部屋に戻った。

初めてお茶会を断ったがウィリアムはなにも言わず、眠れないままマリーは朝を迎えた。

太陽が十分に昇ったのを確認して、部屋のドアを開ける。いつも通り誰もいない城の中を、マリーは駆け足で探し回った。

兄が言ったこととは違う証拠を見つけるために。

与えられた金の鍵で開かない扉は城の中にはなく、温室、綺麗《きれい》な厨房《ちゅうぼう》、洗濯場、客間、書斎、食料庫――中にはどっさりの砂糖やお菓子の材料と、少しの野菜があった――、道具置き場、いくつも部屋を開ける。

誰の気配もない部屋を開ける度に不安がつのった。扉を閉じることさえ最後はやめてしまって、泣きそうになりながら城の一番奥、地下道へと足を踏み入れる。


そして『その部屋』にたどり着いた。


地下礼拝堂か、地下墓地か。古い木の扉を開けると、たくさん並んだ真っ黒い棺桶《かんおけ》の列に行き当たった。

整然と並べられた死の香り。その異様な光景にマリーは言葉を失う。

その、手前にある棺桶の一つから、蠟《ろう》のように白い手が蓋を押し上げるのが見えた。

はっと気づいた。

一日中探していたから、もう日が暮れる。城のみんなが動き出す時間だ。

そう思ったところで、ガタガタと部屋中に棺桶が動く音が響き渡る。顔を引きつらせながらマリーが後ろによろめくと、不意に肩に大きな手が置かれた。

「ひっ……」

「お嬢様、お静かに」

悲鳴を上げかけたマリーの口を誰かが塞いだ。振り返ると、ハイムズがそこにいて、自分の唇に人差し指を押し当てた。

その間にも、部屋の中の棺桶の蓋は次々と開いていく。気絶寸前のマリーがそちらを見ると、身を起こした者たち全員の紅い目が一斉に彼女に向いて、闇の中で光っていた。

「こちらへ」

ハイムズが、そっと扉の外にマリーを誘導する。

頑丈な石の階段をあがる。廊下に出て、長身のハイムズはマリーを冷たく見下ろした。

「あの部屋には近づかないように」

「……っわ、……私、その」

城の秘密を暴いたことをどう咎《とが》められるかと、震える女の子に、ハイムズは言う。

「彼らは仕事を終えて休んでいます。お嬢様に入られると、気が休まらないでしょう」

「……え」

想像していた台詞とは違う。

ぱっと顔を見る。冗談を言っている様子はなく、ハイムズはいつも通りの無表情だ。

「中の様子が見たいなら、せめて彼らの身支度が終わるまで待って下さい。特に面白いものもありませんが」

「そうか、ばれたか」

温室にいた男は、マリーを連れたハイムズの言葉にのほほんと答えた。

「それにしても早くないか？」

「さすがに昼間に人があれだけいなければ、誰でも違和感を覚えます」

その言葉に、大仰に手を広げてウィリアムは叫んだ。

「陽に当たったら死ぬ我らに、昼間も働けと!?　そんなことは横暴だ、暴動が起きる」

「起こします」

「……ハイムズ君のストライキは長そうだ……」

いつも通りのお茶会の席。

目の前に温かいミルクのカップを置いてくれたが、それに手をつける気持ちにならないまま、マリーは椅子の上で身を固くした。

「吸血鬼のことは知っているかい？」

「……はい」

ウィリアムに、警戒しながら小さく頷く。

子ども同士の夜のささやかなおしゃべり。輪の中に入った事はないけれど、漏れ聞こえてくる話の中で、夜に生きる者のことは聞いたことがある。

不老不死で、人の生き血を吸う化け物。人間を襲って殺し、不思議な力を持っていて、吸われた者もまた吸血鬼の仲間になる。

実際に首を嚙《か》まれて死んだ人がいる、いや単なる作り話だと、子ども部屋で皆が言い争っていたことを思い出す。

「嚙まれて成った者と区別するために、吸血鬼の血統によるものを純吸血鬼と呼んでいます。城にいる者はすべてこれですが、――その中でも旦那様は古代種と呼ばれる上位吸血鬼で、建国から生きていて我々の世界での伯爵位を受けています。年齢は」

「いくつだと思う？」

くっと笑って、ウィリアムが嬉《うれ》しそうに聞いた。

マリーはミラベルの祖父を見た。彼はどう見ても、三十の前半だ。若すぎると思っていたけれど、そうであるならば年齢と見た目の謎が解けた。

「五十歳？」

「あー……惜しいな、桁がたりない」

「……一五〇」

「違う、逆」

「……五〇〇」

「に、一〇〇〇を足して」

「……一五〇〇」

「正確には一四九二歳です」

ハイムズの訂正に、指を折って数えていたマリーがぽかんと口を開ける。

「……せん」

「私は八四三歳です。古代種吸血鬼は純吸血鬼と比べても何もかも桁違いの存在で、故に我々は敬意を込めて――生きた化石と呼んでいます」

ハイムズの説明に、束の間温室に沈黙が流れる。

「そうなの⁉　初耳なんだけど⁉」

ややあって、当の本人であるウィリアムが立ち上がって叫んだ。

「はい」

「そんな珍種みたいな名称で⁉」

「はい」

「ショック……‼」

隅に控えるメイド達も頷いたのを見て、男は椅子に倒れ込んで顔を両手で覆った。

「ひどい！　僕は皆をそんな年長者に敬意を払わない子たちに育てた覚えは」

嘆くウィリアムを無視して、ハイムズは話を続けた。

「お嬢様は、旦那様の一人息子と、人間の女性の間に生まれました。混血は半吸血鬼と言って、吸血鬼の能力は持たずほとんど人間と変わりません。我らと違い、陽の光を恐れることもありません」

「……僕はその結婚に大反対して、息子を追い出したんだ。それが四十年ほど前のことかな……孫が生まれたと聞いたのはここ最近だ」

ウィリアムは息を吐き、唇に手を置いた。その仕草だけで、どれだけの者が魅了されるだろうか。

彼はしばらくしてから、口を開いた。

「住処を、吸血鬼の敵対勢力に襲われて、なんとか孫だけ孤児院に預けたらしい。……息子夫婦はその後、乗っていた馬車が事故に遭って死んだそうだ。僕に似て、本当に頑固な息子だよ」

マリーは子ども部屋でいつか親が迎えに来てくれると言っていたミラベルを思い出していた。事業に失敗したと言う話は、幼い子を怖がらせたくないための方便だったのだろうか。

机に頬杖《ほおづえ》をついたウィリアムが唸《うな》る。

「吸血鬼なんていっても、ままならないことばかりだな」

……もしかしたら、彼に事実を伝えるべきは今なのでは。

「っ、実は」

マリーが声を出すと、ウィリアムが視線を向けた。

そこで、彼の牙が目に入る。続く言葉を言いかけて、マリーはようやく事の重大さに気づいた。

なんのゆかりもないただの人間の孤児だと、ここにいる吸血鬼達に気づかれたら。

けれど、マリーは偽物だ。

の孫に対して終始丁寧に応ずるのも、優しく接してくれることも疑う余地はない。

ここにいるのが『本物』のミラベルであれば、何の問題もなかっただろう。彼らが当主
（吸血鬼、半吸血鬼……）

「……ぁ」

殺される。

恐らく、とても残虐な方法で。

震えが止まらなくなった。

誰にも告げなくてよかった。この秘密は絶対に、彼らに知られてはならない。

自分がミラベルの身代わりだと悟られてはいけない。

唇を引き結ぶマリーを見て、そういえばと男は言葉を続けた。

「半吸血鬼は腕力が強くなるそうだけど、マリーは普通の人間とそう変わらないね？」

その言葉に心臓が飛び出しかけた。

「あ、あ、の」

不思議そうな顔をしているウィリアムに『人間』のマリーがなにか言えるわけもなく、
青ざめたままでいると、ハイムズが口を開いた。

「そんなこともあるのでしょう。半吸血鬼については分かっていないことのほうが多い」

「そうか。なにせ数がいないからなぁ」

ハイムズの言葉にうんうんと頷くウィリアムに、マリーはとりあえずほっと息を吐いた。スカートの裾を握る。

怖いが、聞かなければならないことがもう一つある。

「私も、吸血鬼に、なるんですか……？」

聞けば、ウィリアムは首を傾げた。

「望むなら構わないけど、不死の命なんてものほど、つまらないものはないよ」

そう言って、指を組んだ彼は静かに目を閉じた。

「僕ももう生きるのに飽きたから、この屋敷の始末をどうしようかと思って、孫である君を探していたんだ。全てあげるから、好きにしたらいい」

「……え」

思わずマリーが立ち上がると、男は目を開けて微笑んだ。

「心配しなくても、マリーが成人するまではちゃんとそばにいるから」

おいで、と手を差し出される。

「怖がらせてすまなかったね。皆にはちゃんと言い聞かせてあるから、この城でマリーに危害を加える吸血鬼はいないよ」

ウィリアムはいつものようにマリーを抱き上げた。

ひやりとした、けれど大きくて強い腕で抱きすくめられて、自分が震えていたことを知る。

感じている恐怖が何に対してのものなのか、この場で判別するのは難しい。けれど、宥《なだ》めるように一定間隔で優しく背中を叩《たた》かれている間に、上手く呼吸ができるようになってきた。

「したことがないけど……日向ぼっこっていうのはこんな感じなんだろうね」

膝の上にある体温を抱いたまま、ウィリアムが言う。

そして体を少し離して、冷え切った彼女の頬を温めるように手で擦る。子どもらしい感触の肌を楽しんだような吸血鬼は目元を緩ませた。

「可愛いマリーがいてくれるから、僕は今、毎日すごく幸せだよ」

コツンと額同士がくっつく。それはウィリアムの声色と同じ、とても優しい動作だ。

「私はその話を、了承していませんので」

「どの話？」

傍らに立ったハイムズが静かにそう訴えた。

はぐらかすように言う主人の様子を見て、ハイムズは無言で嘆息をこぼした。

『言ったとおりだったろう？』

「……うん」

白い兎の言葉に、マリーは頷いた。

ウィリアムから話を聞いても、それを消化できないまま翌朝を迎えると、門の前にはまた兎が待っていた。

門を開けても兎は中に入ろうとはせず、少し迷ったがマリーは一歩だけ外に出た。

また、森の中へと進んでしまった兎をその場で見つめていると、諦めたのか小さな獣はその場で話を始めた。

朝の陽は薄く雲に隠されていて、森の中は相変わらず暗い。草の影から、大きい、ピンク色の耳だけが見えている。

『太陽が出ている間は、吸血鬼達は城の地下から出てこられない。今なら逃げられるよ？』

「……うん」

『帰ろうよ。彼らは吸血鬼で、君は人間』

でも、人間よりよほど。

「みんな、……優しくて」

『そんなのいくらだって演技ができるよ。いや、そもそも食べるまでの間、めいっぱい家畜を可愛がっているだけさ』

兎は一層無邪気に言った。

そうなのだろうか。

マリーがいてくれて幸せだと言ってくれたウィリアムの言葉は、そんな棘《とげ》を含んでいる感じはなかった気がしたけれど。

帰るのか――――もう帰らなければいけない、あの場所に。

『スティングル孤児救済院まで、連れて行ってあげる』

その名前を言われて、ぞわりとマリーは鳥肌を立てた。

「……え」

動揺したまま無意識に、感じた寒気を払うように腕をさする。何故兎がその名前を知っているのかと訝《いぶか》って、そう言えば自分で告げたことを思い出した。

ウィリアムの元に来てから殴られたことのないマリーの体は、塗り薬を処方してもらったこともあって痣《あざ》はほとんど消えていた。

栄養のある食事と、美味しいお菓子で腕も足もようやく子どもらしい丸みがでてきた。まだまだ細すぎるとウィリアムには怒られるけれど。

『どうしたの？』

じわりと冷たい汗を掻《か》く。マリーは地面にしゃがみ込んだ。

成人したら、持っているものすべてを孫に与えて、消える吸血鬼。

――――すごく、綺麗な色だ。

マリーの髪を綺麗だと言ってくれた。

彼に死んで欲しくない。そばにいて欲しい。生まれた欲は息苦しいほどの焦燥感を伴ってマリーを苛んだ。

「……く、ない」

どうしよう、気づいてしまった。孤児院になんて帰りたくない。

あそこに戻るくらいなら——ここで吸血鬼に、ウィリアムに殺された方がマシだ、なんて。

瞬きで、瞳から大きな涙が落ちた。

「なんで……私は、違うの……？」

けれどマリーは、ウィリアムが望む存在ではない。

「ずるい。ミラベルは、ずるい」

ウィリアムと同じ金色の髪に蒼《あお》い目。マリーの欲しいものを何でも持っている、誰からも愛されている女の子。

同じ孤児院に引き取られたのにどうしてこんなに、なにもかも違うのだろう。

今まで押し殺して、そうだと諦めていた不満が心の中に噴き出す。それは沼地の泥のように、静かに澱《よど》みをつくった。

なりたい。

あの子になりたい。

それが叶《かな》うなら、なんだって。

『ねぇ』

いつの間にか兎が足下まで戻ってきた。はっとそちらを見たところで、マリーの頭を過《よぎ》った恐ろしい考えが立ち消える。

兎が、膝の上に乗った。ふわふわの毛皮は相変わらずだけれど、想像以上にずしりと重い。

『孤児院が嫌なら、もっといいところに連れていってあげようか』

鼻をひくつかせながら、兎はマリーを見上げた。

『その、金の鍵と交換で』

マリーの首に掛かっている、城の扉全てが開く鍵。

兎が小さな前足を鍵に向けて伸ばしたので、咄嗟《とっさ》にマリーはそれを庇《かば》った。

その動作を見て、兎は咎めるように言った。

『君は吸血鬼の味方なの？』

「ちが」

『吸血鬼は人間をたくさん殺しているのに、君は自分の都合でそれを見過ごすんだ』

「……おじいさま、は」

昨日の、ウィリアムの蒼色の瞳を思い出す。

吸血鬼は怖いものだ。それは知っている。けれど、マリーは兎に反論する材料を持っていた。

「もうすぐいなくなるって……生きるのに飽きたって言ってた、から」

一瞬の沈黙。

そして。

『あははははははははは！！！！！』

兎から、気味の悪い笑い声が響いた。

無機質なだけにぞっとする、悪意の固まりのような声を前に、マリーは思わず白い塊を振り払った。

「ご、ごめんなさ」

『あいつが死ぬ！　ウィリアムが！　俺たちの勝ちだ‼　あいつの女を獲った、俺たちの勝利だ‼』

加減もできずボールのように跳んだ兎は、地面に転がり尚笑った。

慌てて駆け寄ったマリーの事など眼中にないように、無表情の兎から声が発せられる。

仰向けのまま、ネジ仕掛けのぬいぐるみのように体を揺らす兎をマリーがただ呆然と見ていると。

「――それなら、焦ることはないな」

すぐそばの木陰から、知らない男が現れた。

長いマントを着た、長い髪に窪《くぼ》んだ目の初老の男。彼は地面でただ笑っている白い兎を摑んだ。

「話には聞いていたが、気味の悪い赤髪だ」

そちらに気を取られていると不意に後ろから乱暴に髪を摑まれ、痛みにマリーは顔をしかめた。

振り返ると、ハイムズくらい背の高い大男が侮蔑を込めた視線で見下ろしていた。

「だれ……っ」

振り払おうと身を捩《よじ》れば、髪を掴む指に力が入る。

「我々は狩人――吸血鬼を狩る使命を持つ者、といえば分かりやすいか」

そのまま、ほとんど地面から足が離れるくらいまで引っ張りあげられてマリーは喘《あえ》いだ。絡んだ指を外そうと手で頭を押さえるが、大男は微動だにしなかった。

「吸血鬼の愛玩人形が、いいもの着せてもらってよぉ。いい気になっていられるのも、犯されて喰《く》われるまでだってのに呑気《のんき》なもんだ」

二人目の男が、マリーの腕ほどの長さがあるナイフを取り出した。

絹でできた、マリーの体に合わせた服。そのスカートについたレースを男が持ち上げる。表面に縫い込まれた見事な刺繍《ししゅう》を見て、彼は無造作に刃をあててビリビリと裂いていった。

「これも高く売れそうだ」

全く遠慮のない刃がかすって、マリーの足に細い傷をつけていく。

痛みに震える女の子を捕らえたままの大男が、顔をしかめた。

「そんなことしてる場合か」

「いいじゃねぇか、財宝の前の前菜だ。どうせ吸血鬼どもは陽の下には出てこられねぇんだから」

「傷をつけるな馬鹿が」

初老の男が白い兎の首から、一本のピンを抜いた。

陽光がその表面で反射して、銀の光がマリーの瞼《まぶた》を焼く。

「それ……」

恐ろしい予感に体が震えだした女の子の前に、初老の男は兎を投げ捨てた。

首元を真っ赤に染めた獣は、糸が切れたように脱力し、痙攣《けいれん》を始めてすぐ動かなくなった。

「吸血鬼全員を相手する必要はない。ウィリアムさえ死ねば我々の仕事はだいぶ楽になるからな……それまで、中の様子を探るのに使える大事な体だ」

「わかってるって」

レースをポケットにしまった男が、ナイフの面でマリーの頬を軽く叩いた。

「ちゃんと俺が演技してやるから安心しなお嬢ちゃん。『おじいさま』、ほら似てるだろ」

マリーとそっくりな声。ぺろりと出した舌には、銀のピンが刺さっている。

話し方が、兎と似ているとそんなことを思う。

「……っん」

そのまま大男に後ろから頭を押されて、草の中に半ば顔を埋める。

咄嗟に金色の鍵を両手で握りしめると、すぐにいくつも腕が伸びてきて動けないように肩や足を押さえられた。

払いのけようと力を入れるが、逆に拘束の手が強まる。

「暴れるな！」

「ハーマン、『タグ』を早く」

背中のボタンを外されて、風が肌を撫でる。

「痛みは一瞬だ」

嗄《か》れた冷たい声とともに、首の後ろにちくりと針先があたった。あまりの恐ろしさに声は擦れて出てこない。

今この場で殺されると、直感的に悟る。けれど目の端に、うち捨てられて動かない兎の姿が映って、ふっとマリーは体の力が抜けた。

マリーの耳が、神に祈る狩人の声を聞いた。

「懺悔《ざんげ》なら、今のうちに」

そうか、これは罰だ。

悔い改めなければいけないことを、願ってしまったから――――。

「平伏《ひれふ》せ」

静かな声がした。

聞こえた途端に、ずんと体が重くなる。肺が潰れるような目に見えない圧迫感に、悲鳴がか細く漏れるだけだ。

周りを囲む男達も同じ症状に見舞われたらしく、拘束する力が緩んで、全員地面に手と膝をついた。

「……昼間だぞ……っ」

銀のピンを取り落とした男が、青ざめた顔で呻《うめ》いた。

「何故、お前が……‼」

上から、黒い塊が落ちてくる。

見上げるほど高い門を飛び越えてきたそれは、山高帽に外套《がいとう》をはおって白い手袋をした、絶世の美貌を持つ男。

「知ってるかい？」

ふわりと外套の端を揺らした彼は、優雅に帽子を取って一礼する。

「おじいさまっていうのは、孫の為なら結構なんでもできちゃうものなんだよ」

いつもは片眼を隠している金の髪を耳にかけ、帽子を被り直した吸血鬼は紅い両眼で皆を見回し、地面に倒れたままのマリーをそっと抱き上げた。

「さぁマリー、こいつらをどうしようか。このまま潰してしまう？　それとも、自分で自分の骨を折らせる？」

くすくす笑ってウィリアムが尋ねる。

マリーの呼吸は楽になっていた。まだ、石になったように体が動かないけれど。

「っふ、ぅ……っ」

しかし緊張の糸が切れ、涙があとからあとからこぼれてきて、マリーは俯《うつむ》いた。

「ひっぅ」

「あああごめん！　遅くなって本当にごめ……マリー、その手、どうしたの？」

ぼろぼろと涙を流すマリーに狼狽《ろうばい》したウィリアムが、握りしめたままの両手に指を置いた。

そこで初めて、しっかりと鍵を握っていて、力の抜き方がわからないことに気づく。

泣きながら自分の手を見つめるマリーの指を、ウィリアムがそっと開かせる。

ようやく両手が解放されれば、手の平にはくっきりと鍵の痕がついていて。

「……守ろうとしてくれたんだね、ありがとう」

内出血している小さな手にキスをしたウィリアムは、冷ややかに、地面に平伏す人間たちを見る。

「僕はここ数十年、食事で人間の命は奪ってないよ。周りの吸血鬼もね」

「煩《うるさ》い！」

跪《ひざまず》いたまま大男が叫ぶ。

「命を弄ぶ吸血鬼は存在が悪だ！　消滅させるのが世のため……っ」

それを聞いたウィリアムは、血を流す白い兎に視線をやった。

「可愛い兎。それでこの子をおびき寄せたね……それは命を弄ぶことにならないのかい？」

「獣など、我らの崇高な目的に比べれば取るにたらないものだ！」

「ふぅん」

そろりと慰めるように女の子の首をなでる手が、頸椎《けいつい》にある小さな傷に触れた。

先程、ピンで刺されようとしたところだ。痛みに身を竦《すく》めたマリーと、手袋についた血を見て、ウィリアムは彼女を抱き直した。

そのまま城の方に踵を返す。

「待て……っ」

レースを破いた男が、ぶるぶる震える指を伸ばす。

「この森、狼《おおかみ》が出るんだ」

歩きながらウィリアムは歌うような口調で言った。

敷地の中に入った男は、未だ地面に転がったまま動けない男達に微笑んだ。

「血の臭いで集まってくるかもしれないから、気をつけて」

そうして、冷たく重い門の鍵をかけた。


暗い城の中に戻って、ふー、とウィリアムは苦しげな息を吐いた。

彼が手袋を外すとそこは、ひどい火傷を負ったように真っ赤に灼《や》け爛《ただ》れていた。服の繊維の隙間からは、細く白い煙がいくつも立ち上っている。

「マリーが軽くて助かった」

苦しげに息を吐いた次の瞬間にはいつものウィリアムに戻っていた。

「旦那様、血を」

すぐにハイムズが近づく。

メイドの一人が駆け寄ってきて、心配そうに主人を見ながら、自分で襟のボタンを外した。

ロウソクのほのかな灯りがともる中、同性のマリーでもどきりとするような白磁の肌が、男の眼前に晒《さら》される。

「ウィリアム様、どうぞお飲み下さい」

「……ああ」

ウィリアムは手を伸ばして彼女の体を抱き寄せると、白い犬歯をむき出し、その細い首に噛みついた。

小さく悲鳴を上げたのはマリーだ。ブルネットの髪をした美しいメイドは、やがて首筋から静かに顔を離したウィリアムを、うっとりとした様子で見上げて彼の顔に手を添えた。

金色の髪がかかって、ウィリアムの表情は覗《うかが》えない。

二人の顔が近づくのを見て……マリーは泣きそうな気持ちになった。

「……」

初めて思い至った。あの手で優しく撫でてもらえるのが自分だけではないことに。

そんな風に他の人を触らないでと、心のどこかで声がする。けれど喉からは何も言葉が出ず、女の子はただ顔を背けてぎゅっと目をつむった。

求められるまま口づけを交わし、ウィリアムはメイドに自分の精気を少し分け与える。純吸血鬼たちにとって古代種のウィリアムの血や精気はいわゆる増強剤のようなものだ。取り込めば取り込むほど、その吸血鬼の力は強くなる。

唇が離れ、頬を染めたメイドが艶めかしく長い睫《まつげ》をおろす。恋人との蜜事のような、一瞬。長い時を生きる吸血鬼にはそれが必要で、彼らがこのような辺境の地で暮らしている理由のひとつだ。

「ありがとう助かった。今日は仕事はいいからゆっくり休みなさい」

「いいえ、少し休めば大丈夫です。……お役に立てて光栄です」

なんの準備もなく太陽の下に出たダメージは大きく、灼けた体の回復にかなりの血をもらった。けれど気遣えば、メイドは服の乱れを整えて、優雅に一礼して下がった。

メイドを見送って、ウィリアムは霞《かす》む視界に頭を振った。

そもそも、今の時分は自分たちが活動していい刻限ではない。分厚いカーテンで陽光を遮ってはいるが、寝床にいなければじわじわと体力を削られていく。

血を吸うのも応急処置のようなもので、ひとまずウィリアムも体を休めなければならない。

立ち上がったところで――――傍らの子どもの姿が目に入った。

「っ」

先程までは鼻もやられていたのか感じられなかったけれど、彼女からは一定量以上の血の匂いが漂っている。暗い闇の中で、びりびりに破かれたスカートの裾を改めて見て、男は口を引き結んだ。

彼女がぎゅっと握っているそこには、血が滲《にじ》んでいた。

「マリー」

名前を呼ばれて、女の子が顔を上げる。

不安そうな緑色の目が、立ち上がったウィリアムを見てほっと緩む。けれど、淋《さび》しそうな顔でまた視線を外された。

「これ、どうしたの」

女の子の動作の意図も気づかないまま、ウィリアムが膝をついてスカートを軽く引くと、無残にも切り裂かれた跡があらわになった。

「……っごめんなさい。なんとか縫って戻し」

「そんなことはどうでもいいから。何で足に血が――――」

強い声でマリーの声を遮る。

その、自分の言葉に嫌な想像が頭をかすめた。

ボタンが飛んで首元を晒すワンピースを着た女の子。

乱暴に扱われたのかマリーは赤い髪も乱れていて、服には土や草がついたままだ。腕には強く摑まれた手の痕も残っている。

なにより、スカートについた血。

「なにかされた?」

城の周囲に張り巡らせた彼の感覚の網が、自分とは相容れない『狩人』の気配を感知したのはつい先程のこと。ハイムズが止めるのも聞かずにすぐに飛び出したけれど、遅かったのだろうか。

その可能性に気づいて、ウィリアムは全身の血が沸騰する心地がした。

「……なにか、って……?」

ウィリアムの雰囲気がいつもと違うのを敏感に察して、マリーは少し後ずさる。

返答では埒《らち》が明かないことに小さく舌打ちをして、直接確かめようとその足に手を置くと、彼女はさらに下がって、壁に背中をつけた。

その怯えた様子が疑惑をさらに膨らませる。

「大人しくしなさい」

城の中で逃げられるはずもない。ウィリアムはゆっくりと壁に手をついて、マリーを腕の中に閉じ込めた。

戸惑う様子の女の子に、吸血鬼が紅い眼で囁く。

「マリー、自分でスカートを上げて」

マリーは言われた内容と投げかけられた視線に怪訝《けげん》な表情をしたが、自分の手が勝手にスカートの裾を持ち上げるのを見て、目を見開いた。

「やっ、なんで」

抵抗しているのか、手が細かく震えている。

しかしゆっくりとマリーの手は黒い布地を、レースごと胸の前まで引き上げた。不安そうに吐息を零しながら、顔を真っ赤にしたマリーが羞恥で顔を背ける。

いっそ普通に上げられるよりも情欲をそそる動作なのは、わかっていないだろう。

中に履いているドロワーズは、裾にレースが施されリボンで結ばれている、お腹から膝上までをふんわり覆うもの。それがウィリアムの目に晒されて、マリーは細い足を縮こまらせた。

「ふ、……ぅ」

どうにか、下着をウィリアムの目から隠そうとするマリーを見下ろして、紅い目のウィリアムは眉をぴくりと動かした。

「……っ、ひ」

ウィリアムがドロワーズの裂け目に指を忍び込ませる。大腿《ふともも》を撫でる冷たい感触にマリーは小さく悲鳴をあげた。

ウィリアムの指が皮膚のわずかな凹凸を引っかける。ひきつる痛みがあるので傷ができているのかもしれないが、それ以上に触れられる恥ずかしさの方が勝った。

「あ……」

皮膚の薄い内股をなぞられて、マリーは息を乱しながらスカートをぎゅっと握った。未だに腕は自由にはならず、下ろすことは許されない。

「昨日まではなかったはずだね。あいつらがやったのか」

獣が唸るような低い声に、怯えきったマリーは何も答えられなかった。

「確かめるから、下着も脱ぎなさい」

けれど続く言葉に、マリーは息を飲んだ。

「いや！　止めて‼」

スカートを離した指が、勝手に下着の紐《ひも》の結び目にかかる。

マリーはぽろぽろと涙をこぼしながら、自分のドロワーズの腰ひもをほどいた。

「おじいさま、これ、……っやだ」

その様子に目を細めたウィリアムは、彼女の頬に流れる涙を舐め取った。その動作だけはいつも通り優しくて、マリーの混乱に拍車をかけた。

何を怒っているのだろうか。また勝手に城を出たことか、陽光にウィリアムを晒してしまったことか。それとも……身の程も知らず、美しいメイドに嫉妬したことか。

ドロワーズはもうお尻より下にきている。自分の手に抵抗していたおかげか、スカートがずり落ちてウィリアムの目からは隠されていることだけが救いだ。

「あ、っ」

ウィリアムが薄い腹に手を置いた。氷のようなひやりとした手の感覚に、マリーは小さく悲鳴をあげて体を震わせた。

ウィリアムは身を乗り出して、マリーの頭を手で支えて首の後ろに唇をつける。先程、わずかに刺された場所だった。そこを、唾液を絡ませた舌で舐《な》められた。

「――――っ」

間近に聞こえる水音に硬直したマリーの体は、彼の腕に抱え込まれた。

「……は、ぁ」

マリーが荒い息を吐いた。怖いのに、体の熱は上がる一方だ。

もう座るほど体の姿勢を保てないマリーの、何もつけていない下腹部にウィリアムは指を這《は》わせた。お風呂で洗われた時とは違う、意図を含んだ指がゆっくりと滑って体の中心に触れる。途端に、呼吸を忘れるほどの感覚が通り抜けると同時に、そこが濡《ぬ》れている感触がして、粗相したかとマリーは青ざめた。

「……このまま調べるのが早いか……」

咎められることはなかったが、何かウィリアムが不穏なことを呟《つぶや》いた。

「っふぅ」

敏感なところを撫でられて、耳まで真っ赤にしたマリーの目から涙の粒がこぼれ落ちた。

「ん……っ」

「大丈夫、泣かないで。可愛いマリー……」

首を振ると、紅い目のままのウィリアムが顔を上げる。また涙の伝う頬に彼が口を近づけたところで。

「失礼します」

ごん、という重い音と共に、ウィリアムがよろけて壁に片手をついた。

「は、ハイムズさん、助けて……！」

マリーはぷるぷる震えながら、ウィリアムの下からハイムズを見上げた。

長く深いため息をついた彼は、ウィリアムに言った。

「旦那様、大丈夫です」

「なにが」

頭を押さえながらぎろりと睨《にら》んだウィリアムに向かって、ハイムズはあっさりと言う。

「お嬢様から、男の体液の匂いはしません」

「…………」

そこで、ウィリアムから怖い気配が消える。瞬きをしながら、彼がマリーを見た。

「え……そう……え!?」

「それより、怪我の治療が先かと」

それを聞いて、ウィリアムが慌ててドロワーズにかかるマリーの手をとった。

「……マリー？」

「おじいさまの、バカ!!」

ようやく呪縛が解けて、マリーは手を振り解くと下着をずり上げて紐を固く結びハイムズに駆け寄る。

　頼りになる執事の後ろに隠れて、真っ赤になった頬のまま彼の足にしがみついた。それを見下ろしたハイムズが、ウィリアムに言う。

「自業自得ですね」

「うるさい」

「そもそも止めるのも聞かずに外に急に飛び出すからですよ。私が行くと何度も」

「いや……いいところを見せるチャンスかと……」

　すん、とウィリアムは息をすう。

　子猫のように警戒心を露わにするマリーを見下ろして、ハイムズは首を振った。

「マリー僕が悪かった！　もうしないからこっちにおいで‼」

　前髪を元に戻して右眼を隠したウィリアムが、両手を広げる。

「……嫌です」

　ふいっと赤い頬のままマリーが顔を背ける。さらにきつくハイムズの足にしがみついた。

「ハイムズ君」

「はい」

「君の望みを何でも叶えよう。何が欲しい」

「休暇が欲しいです」

「わかった」

足にくっつくマリーの肩を、ハイムズが軽く叩く。

「旦那様は、お嬢様が狩人達に乱暴されたのではないかと心配されていたのですよ。奴らは吸血鬼はもちろん、それに与《くみ》する人間にも容赦のない組織ですから」

「でも……」

狩人が吸血鬼と敵対しているのはわかった。ウィリアムに育ててもらっているマリーに彼らが良い思いをもっていないことも。けれど、殺されるかもしれないという恐怖はあったが、まさかそれについてウィリアムに下着を見られる事態になるとは思ってもみなかった。

女の子の戸惑う声に、執事はやはり無表情のまま続ける。

「奴らに、ドロワーズを脱がされたりは？」

マリーはぶんぶんと首を振る。ハイムズがウィリアムを見た。

「以上です」

「……ハイムズ君が有能すぎて、生きた化石の存在価値が霞む気がする……」

ウィリアムがふてくされた声を出した。そちらを窺《うかが》うと、ウィリアムの表情も幾分和らいでいる。それを見計らったように足からそっとマリーを外して、ハイムズは女の子の服に付いた土や葉っぱを払った。

「強引だったのは褒められたものではありませんが、旦那様があなたの体を心配していたのは事実ですし、一応、無事を確かめる方法に気は遣っていたと思います。……後が面倒なので、ここはお嬢様に大人になっていただけると嬉しいのですが」

「……そう、なんですか？」

あちらは一五〇〇歳なのに。

どうにも納得がいかないが、こちらが大人にと言われるとそれはそれで認められた気がして嫌ではなく、どう判断するべきか迷う。

「はい。問答無用で突っ込まれるよりは」

「ハイムズ君、もうそのへんで……っ」

ウィリアムがうめいた。ちらりと女の子の表情の変化を観察した有能な執事は、主人に向き直った。

「旦那様、そろそろ休息を」

「……」

ハイムズに支えられて、床に膝をついていたウィリアムが立ち上がった。

騒ぎも収まればどっと疲労感が襲ってきたらしく、力のないその様子に、少し迷ったがマリーも手を貸した。

自分の肩を摑んだウィリアムの顔を見上げる。

金の髪の間からのぞく、その目はもういつもの蒼色だった。

廊下を進んで、着いたのは温室だった。

肘掛けのついた椅子に座ったウィリアムは、倒した背もたれに体重を預けて息を吐いた。

窓を開けない限りは温室は完全に密閉されていて、陽の光は届かない。小さなロウソクの火がつくなか、蝶《ちょう》がひらりと舞ってウィリアムにとまり、彼の髪を揺らして羽ばたいた。

「お嬢様は、こちらへ」

それを見ていると、ハイムズがテーブルの席を示したのでマリーもそこに座る。

まだお茶会の準備をしていないテーブルはやけに淋しく、いつもより広く感じられた。

早く夜にならないかなと考えてしまったマリーは、苦しげなウィリアムの様子を見て自分を恥じた。

目を閉じて、眉を顰《しか》めている姿は痛々しい。

もしあれ以上外にいれば、ウィリアムがどうなっていたのか。考えるだけでも、ぞっとした。

紅い目の彼は怖かったけれど、ドロワーズを下ろされそうになったのも怪我を心配してのことなのだ。男女のことに疎い女の子は、そう結論づけた。

「薬を塗りますので、スカートを持っていてください」

「あ、……はい」

いつの間にかハイムズがBと描かれた瓶に入った塗り薬を用意していて、マリーは椅子にちょこんと座ったまま、黒いスカートを少し引き上げた。

失礼しますと一言断って、ハイムズが下着の裾のリボンを解いて、彼女の大腿の半ばまでを晒す。

「ちょ、ハイムズ君⁉」

「なんですか」

返事をしながら執事は、手早く傷口に薬を塗って清潔な布で巻く。

最後にスカートを直し、立ち上がった。

「なんでそんなに簡単に！」

先程と大体意味は一緒なのに、全く違うマリーの様子にウィリアムが寝ながら手で肘掛けをバンバン叩いた。

「………………旦那様が卑猥《ひわい》な眼でお嬢様を見ているから、気づかれているのでは」

「ひわい？」

マリーが首を傾げる。

「女性として、ということです」

「いや！　僕はちゃんと孫として可愛がって――っぐ、ぅ」

「お願いですから安静にしてください」

叫んだ衝撃で痛みが走ったのか、ウィリアムが呻《うめ》く。

その声に顔を歪《ゆが》めたマリーは俯いて、破かれた服のレースを弄った。傷口に触れると痛んだが、きっとウィリアムほどではない。

「……」

これもすべて、兎に釣られたマリーのせいだ。城を出ないようにと言われたのに、秘密を共有できる相手の存在に縋《すが》って、のこのことまた近づいたから。

マリーは城の門の方向を見た。もちろん分厚い壁に覆われた温室からでは、もう何も見えないが。

吸血鬼が狩人の敵なら、吸血鬼に養われているマリーもまた彼らにとっては敵だと身をもって知った。けれどそれを知っても、ここを離れて彼らに保護されたいとは思えない。

「マリーを守る方法を考えないと」

聞こえた言葉に女の子は振り向いた。

目を瞑ったままのウィリアムが話を続ける。

「昼に一緒にいられる者を」

「心辺りを当たってみます」

「いえ、その」

マリーは慌てて首を振った。

「もう……、昼に外には出ない、から」

城の中にいれば大丈夫だろう。

吸血鬼がいる場所を『安全』と認識するのは些《いささ》か語弊があるが。

「いや、僕たちと違って、ずっと夜だけの生活というのは体に悪いよ」

ウィリアムは苦笑する。

「それに、僕は日だまりの匂いのするマリーが好きなんだ」

マリーは唾を飲み込んだ。

違う。こんなに傷ついてまで、守る価値はマリーにはない。

「私……私は……」

けれど、マリーはそれ以上言葉が出なかった。

真実を告げればそれで終わりだと分かっているから、のどで息が詰まって、どうしても。

「帰りたい？」

「………………」

「でも、ここ以外に君の家はないよ？」

吸血鬼は女の子に囁く。

「孤児救済院はもうないんだ。職員がみんなひどく体調を崩してしまって、運営ができなくなったらしい」

「え……」

告げられた言葉に、ひやりとマリーの心臓が竦む。

彼女の心に重くのしかかっていた存在。それが消えたと聞かされて、しかし喜びよりも戸惑いの方が大きかった。

「そこにいた子は⁉　ミラベルは」

「ミラベル……」

ウィリアムの口から聞いたその名前。

彼に血を吸われるメイドの様子を見たときよりも、強い何かがマリーの胸の中にくすぶって、名前がつけられないまま消えた。

「その子は、潰れる前に子爵家に引き取られたよ。他の子も、それぞれ別の孤児院に」

「……そう……です、か」

動揺して、それ以上の言葉が出なかった。

どうしよう、ミラベルは行ってしまった――本当の、ひとりぼっちの祖父を置いて。

けれどその事実は仄暗《ほのぐら》くマリーの気持ちを慰めた。

ミラベルは彼女が望んだ、新しい家族と一緒にいる。彼女のことだ、きっとその場所でみんなに愛されているに違いない。

それならば、ここにまだ、マリーはいてもいいのだろうか。

椅子から立ち上がって、マリーはウィリアムの傍らに立った。

彼が、それに気づいて視線を寄越す。

「疲れたろう、マリーも部屋に帰」

「私の血も飲んでください」

「へ？」

思わぬ申し出に、目を見開いたウィリアムの前でマリーは襟を下げて、首元をさらけ出した。

「どうぞ」

血を飲んだら治るのだ。偽物である自分が、そのことを告げられないならば、せめてマリーのせいで怪我をしたウィリアムに出来ることをしたい。

「あの、いや、でもマリー？　……血を吸われたら、貧血を起こすよ？」

「……」

「さ、牙で刺されたら痛いし、せめてもう少し大人になってから」

「……」

真っ赤な顔で見上げるマリーが、だんだん泣きそうになってくるのにたじろいだ様子で、ごくりと喉を鳴らしたウィリアムはハイムズを見た。

「何故こんな時は止めないんだ」

「お嬢様の意志でしたら特に言うことはありません」

回復するのも事実ですから、という言葉に後押しされて、マリーがもう一歩近づく。

脳裏にあるのは、ウィリアムに血を吸われていたメイドの姿だ。

牙を突き立てられても、痛そうにはしていなかった。むしろ嬉しそうに頬を染めた彼女は、とても綺麗だった。

「……私じゃ、やっぱり駄目ですか？」

マリーの血は、吸うにも値しないのだろうか。

男の痛々しい手がマリーの目に映る。酷い状態ではなくなったけれど、まだ赤く火傷で腫れていた。

「そ、そんなわけないだろう！　そういう問題じゃなくて……っいいかい？　こういうのはまずお互いの同意の上に成り立つものだ。そんななにをされるのかわかっていない状態で、するわけにはいかないよ。特に初めては痛いからマリーの体が心配だ」

「痛いのは慣れてます」

マリーの言葉にぴくりと眉を動かしたウィリアムは、何かを耐えるように一拍おいて溜《ため》息《いき》をつく。

「そもそも、こんなことを一時の感情でするものではないよ。まず冷静になって落ち着こう。僕はマリーを大切に思ってるし、とても大事なことだから、……せめてもっときちんと場と雰囲気を整えてからで」

「童貞か」

「ハイムズ君は黙ってて‼」

「畏まりました」

「じゃ、じゃあ誰かに頼んで吸ってもらってからなら……あ、ハイムズさん」

「はぁ」

「待て」

ウィリアムは髪を乱暴に掻いて、パンと手を叩いた。

「僕はもう大丈夫だし、とにかくこの話は終了！　終わり！」

彼は、半ばやけくそでそう叫んだ。

第三章　吸血

「青い卵？」

ウィリアムに聞かれて、マリーは頷《うなず》いた。

「庭の木の下にあったんです。空みたいな色の。野イチゴの近くで……えっと、それで待ってたら鳥が来て巣に入ったんですけど、その……顔が茶色で」

「ああ、多分コマドリだね。そうかもうそんな時期か」

お茶会の席ではこんな風に、他愛もない話をするのがいつものことだ。

髪を二つに結ったマリーの前には、すみれの砂糖漬けを添えたシフォンケーキが置かれている。

温室の植物は季節の移り変わりとともに、咲いている花に変化はあるけれど相変わらず華やかで、その中をたくさんの蝶《ちょう》が飛び回って蜜を吸っていた。

あの狩人の一件以来、マリーは怖くて門には近づいていない。

代わりに、よく手入れされた広い中庭を散歩するのが日課になっていた。

最近は、垣根の中に見つけた小さな卵をずっと眺めている。刺繍《ししゅう》の道具を持ち込んで、柔らかい下草に座り、針を動かしながら何時間も飽きずに過ごす。

「君、ちょっと図鑑を持ってきてくれるか」

「畏まりました」

控えているメイドにウィリアムが言えば、彼女はすぐに一抱えもあるような古い図鑑を持ってきた。テーブルの上にスペースを作って乗せ、彼はぱらりと頁《ページ》をめくっていった。

「これだろう？」

図鑑を反転させたウィリアムに、彩色された図を示される。それを見て、マリーが頷いた。

彼女の見た鳥と同じ姿がそこに描かれていた。

周りには流暢《りゅうちょう》な文字で何かが書かれているが、残念ながら文字の読めないマリーにはわからない。それでも親鳥の近くにある綺麗《きれい》な青い卵の絵に、釘付《くぎづ》けになる。

「確かに、綺麗な色だね。【ロビンズ・エッグ・ブルー】……」

卵の隣に書かれた文字を、綺麗なウィリアムの指がなぞる。

読めないけれど、その指の動きを追って身を乗り出す。すると、彼は笑ってマリーを自分の膝の上に乗せた。

途端に固まった女の子にくすくす笑ったウィリアムが、その頭を撫《な》でて頁をまためくる。

「さ、マリーが読んで欲しいところはあるかな？」

次は彩色されていない雛鳥《ひなどり》と親鳥の絵。その説明文だろうか、ぎっしりと文字が並んでいる。

なんとかウィリアムの質問に答えようと、ミミズのうねるような文字を必死に見つめていると。

「――――捕まえて食べちゃおうか」

「え⁉」

ぼそりと耳元で囁《ささや》かれて、マリーは後ろを振り返った。

ぷるぷるぷるぷると毛を逆立てて首を振るマリーを見て、ウィリアムが吹き出した。口元を押さえて、そっぽを向いて肩を震わせている。

「ごめん、……っ冗談」

どうやらからかわれたらしい。

ここ数日彼らを大切に見守っていたのにと、マリーは頬を膨らませた。

「ひどいです」

「いや、だってあんまり熱心に見てるから……ちょっと妬けて」

まだ収まりきらない笑いを口の端に残したままのところで、温室の扉が開いてハイムズが姿を見せた。メイドが軽く膝を折る。それに会釈を返して彼はお茶会の席に近づいた。

足下には小さな黒猫がいて、テーブルの近くまできて座った。それを眺めたウィリアムが言う。

「例の子かな？」

「はい、今日からこちらに住み込みで働いてもらいます」

話についていけないマリーは猫を見ながらウィリアムの膝の上で首を傾げた。

手触りの良い柔らかい赤毛の束を指に軽く巻いて、彼は告げた。

「マリーの護衛に来てもらったんだ」

「……」

ウィリアムの腕を、困った顔で少し引っ張る。男が身を屈めると、マリーは首を振った。

「いいです、大丈夫です」

偽物の自分は、そんな大層なものをつけてもらうような存在ではない。

その言葉を予想していたらしく、ウィリアムが付け加えた。

「四六時中付いているわけじゃないよ。彼女には昼の屋敷の警護を任せるつもりだから、何かあれば呼べばいい」

夜にしか活動しない吸血鬼の城は、どうしても昼に警戒が手薄になる。その為だと言われると、マリーはそれ以上どう返せば良いのかわからなかった。

黒猫が口を開いた。

「リンと申します。どうぞよろしくお願いします！」

「しゃべっ……!?」

「さすがに単なる猫を護衛とは言わないよ。ベルベロッサの猫だ」

マリーが黒猫を見る。確かに、美女ベルベロッサに会った時に、鳴いていた猫だと思い出す。

「ベルベロッサさんの猫だと、しゃべるんですか？」

「うん。彼女は魔女だからね」

「魔女」

「そう。……ごめん、言ってなかった」

吸血鬼がいるのだから、魔女がいてもおかしくはない。だが、話に聞く魔女と可愛らしいベルベロッサがどうも一致しない。

マリーは床でお行儀よく座っている黒猫に、ぺこりと頭を下げた。

「使い魔のレンタル料は体で払ってもらうわね、とベルベロッサ様から伝言を受けております」

「え？　ハイムズ君その条件飲んだの？」

ハイムズは一切表情を変えないまま、紅茶を入れ直した。

渋い顔をしていたウィリアムは、マリーの髪を編み込みでまとめ、それを見て満足げに頷いた。そして図鑑の頁を閉じようとして――もう一度だけ、見直した。

その綺麗な卵に目を細めたウィリアムの表情を見て、マリーの頭に一つ考えが浮かんだ。

太陽が木々を照らす昼の庭。

大人の背丈よりも高い庭木は、腕の良い職人によって茂った枝を整えられ、壁のようにそびえている。その足下を彩るのは様々な春の花。薔薇《ばら》や、ハーブたち。

マリーはここしばらく通っている植木の迷路を抜けて、野イチゴのなる場所までやってきた。

いくらでも食べて良いと言われているが、女の子はそのまま植え込みの下を覗《のぞ》き込んだ。

（あった）

細い枝が幾重にも重なった、お皿のような鳥の巣。中には青い卵が四つ。親鳥は出掛けているようだ。

マリーは目算をつけて植え込みに手をつっこんだが――指の先すら、巣に届かなかった。

一度手を引き抜いて、位置を確認する。今度は、体ごと中に入る。ガサリガサリと鋭い枝が顔にひっかき傷を作るが、体勢を低くしたまま構わずに進んだ。

いつも隙間から眺めているだけだった巣は、あっさりとマリーの目の前に現れた。

まだ雛が孵《かえ》る様子はない。ずっと見守ってきた、小さな卵の一つにそっと手を伸ばす。

「何をされているんですか？」

「っ⁉」

不意に声をかけられて、マリーはびっくりして顔を上げた。

途端に、深い植木の中に頭をつっこんでしまい、赤い髪が枝葉に絡まる。

「いた、た」

「ああ、動かないで、じっとしてください」

木と格闘しているマリーに気づいて、黒猫が彼女を宥《なだ》める。そうして、肉球のついた手と、小さな口で器用に彼女の髪を枝から解放した。

「どころで、こんなところでなにを？」

「……コマドリの巣が……っ」

そこで親鳥が戻ってきた。

卵泥棒に気づいて、警戒音を鳴らしながら翼を羽ばたかせて迫ってくる。それを見て、慌ててマリーは垣根から退却した。少し遅れて、黒猫も出てくる。

「……」

落ち着かない様子で親鳥が右往左往している様子を見て、マリーは服の葉っぱを落として立ち上がった。

「いいんですか？　卵」

城とは違う方向に歩き出すと、とてとてと猫がついてくる。邪魔してすみません、というリンの言葉にマリーは首を振った。

もう一度植え込みを振り返る。

まだ警戒しているのだろう、近くの枝に親がとまってじっとしていた。

あんなふうに、危害が加えられそうになったら、家族というのはみな心配するものなのだろうか。押し殺していた気持ちが吹き出しかけて、マリーは目を逸らした。

それを考えるだけ無意味だ。

「他にも、どこかにあると思うから」

これだけ広い庭だ。探せば違うコマドリが巣を作っているはず。

「お手伝いします」

見上げる黒猫の存在に、ふと気づいた。

本当に昼でも外に出て大丈夫なようだ。マリーは足下にちょこんと座る黒猫の前にしゃがんだ。

「……大丈夫、ですか？」

「何がですか？」

「その、太陽が」

「ええ。……まぁ、夜の方が体調がいいのは否定しませんが」

黒猫が空を仰ぐ。綺麗な青空を背景に、白い雲が流れていた。

その後も、マリーと黒猫はお喋《しゃべ》りをしながらあちこちの垣根をのぞいた。

「使い魔は魔女が宝石や竜の牙なんかから、つくった生物です」

「リンさんも宝石なんですか？」

「私は燐の結晶からできてまして」

黒猫が軽く飛び上がる。体を丸めるとぼわっと青い炎が膨らんで、捜索に邪魔な蔦《つた》を一瞬で燃やしてしまった。

「すごい！」

マリーはぱちぱちと拍手をした。

「ちなみに『リン』は東洋の島国の呼び方なんですよ」

「東洋？」

「海のずっと向こうにある場所らしいです」

「へぇえ」

あっという間に赤い夕日で影が長くなった。すぐに手元も見えない暗さになり、マリーは刻限を知る。

皆が起きてくるまでそんなに時間もないのに、なかなか青い卵は見つからなかった。

野イチゴのところに戻ると、小さな巣では親鳥が卵をふところにいれ、休を休めていた。

「お嬢様、暗いですし、今日はもう戻りましょう」

「うん……」

腕に抱いた黒猫の提案に頷いたけれど、マリーの足はその場から動かない。

また明日も探せばいいとわかっている。

それでも、思いついた事が今日うまくいかなかった事実にマリーの目から涙がこぼれた。

「っ、……ぅ」

どうしていつも、失敗するのだろう。折角、見せてあげられると思ったのに。

半日歩き回った足はもう限界で、その場に座り込むともう立ち上がれなかった。

「……ふ、……っく」

「お嬢様……」

リンが心配そうに周りをうろうろする。

いつまでも泣いていてはいけないと、涙を止めようと無理やり目を擦った。なのに雫《しずく》はとまってくれず、それが情けない気持ちに拍車をかける。

「泣かないでください」

しばらくしてリンが小さな手をマリーの足に置いた。

「う、ん」

「そんなに青い卵が欲しいのでしたら、私が化けますから」

「……化け？」

泥だらけの手で目を擦る。

次の瞬間に、猫の姿が青色の卵に変わった。

「どうですか」

草地に落ちた卵が揺れる。これには驚いて、目を見開いたまま、マリーは思わずそれをつついてみた。

「あ、ちょ、そんな無体な！」

コロコロ転がりながら卵が叫んだので、慌てて追いかけて捕まえる。手の平にのったそれを顔を近づけて眺めた。どこからどう見ても、コマドリの卵に違いない。涙の痕の残る頬のまま、マリーは表情を明るくした。

「ありがとう！」

「いえいえ。それで、卵をどうするんですか？」

暗い庭で泣き出したマリーを、垣根の影からウィリアムは見守っていた。

陽が落ちる少し前に起きて、マリーが庭でずっと探し物をしているとハイムズから聞いて心配で出てきたのだ。ちなみにその情報は、途中でこっそり報告に来たリンからもたらされたそうだ。

まさか彼女がそんなに卵を欲しがっているとは、昨日は気づかなかった。

「それなら、庭中の木を伐採して探したのに」

「庭師が泣きますよ」

後ろにつくハイムズが言う。

「行かないんですか？」

執事の視線の先には、蹲《うずくま》る女の子がいた。

小さな体を震わせ、声を押し殺している姿は痛ましく健気だ。黒猫が心配そうにその周りを回る。

目を袖で拭ってもぽろぽろこぼれる涙が、闇に光って落ちていく。

「うん、泣いてるマリーも可愛いから、もう少し見てから」

問いかけに、吸血鬼は首を振った。

行って抱きしめたら泣き止んでくれるだろうか、と密かな期待と不安を抱いて、ウィリアムは静かに涙を流すマリーを眺める。

「それにしても……布に吸い込まれていく体液が勿体《もったい》ないな」

「お嬢様に聞かれたらまた距離を取られますね」

「ハイムズ君が黙っていればいいことだろう」

駄目な大人がそんな話をしている間に、猫が青い卵に変わった。

彼らにしてみれば珍しくもない変化を見て、驚いたマリーが転がし、捕まえた卵を手にのせた。

そして彼女は、潤んだ目のまま笑う。

「ありがとう！」

ウィリアムにはほとんど向けたことのない、無防備な顔で。

「マリー」

それが無性に面白くなく、ウィリアムは女の子に近づいた。はっとそれに気づいたマリーは、手の平にある小さな卵を後ろに隠した。

「早く城に入りなさい、まだ夜は冷えるから」

卵を後ろ手にしたまま、ぎこちなくマリーは頷いた。けれども、困ったような表情でその場から立ち上がろうとしない。

そんなマリーの前に、ウィリアムが膝をついた。

「その、後ろに持ってるものは何?」

全て見てたくせに、意地悪に聞く。

「あ……」

マリーはちらりと背中に視線をやって、おずおずとそれをウィリアムに差し出した。

昨日、図鑑で見た卵。

暗い中でも鮮やかな青色が男の目に焼き付く。

「……この色、とてもよく晴れた日の、空の色なんです」

服についた土や、手や顔にある小さな傷をそのままに、マリーは言った。もう少しだけ、卵をウィリアムに近づける。

「お日様が好きって言ってたから……喜んでくれるかなって、思って」

「……僕に?」

思わぬ言葉に、ウィリアムは澄んだ青を殻に閉じ込めた卵に目を細める。

藍や紫、黒ならば、たくさん見てきた。けれど確かに、この色は。

そっと手を伸ばして、マリーの手を包むようにして卵に触れる。

「そうか」

もちろんそれは彼の手を傷つけることはない。

「こんな色なんだね」

千年以上生きてきて、ほとんど見たことのない空の色に吸血鬼は思いを馳《は》せた。

夜だというのに、眩《まぶ》しい光に灼《や》かれる錯覚がした。けれど、決して不快ではない。むしろ、とても綺麗だと純粋に思った。

「ありがとう、見せてくれたマリーに何かお礼をしなくては」

「え、と」

マリーが首を振るので、手を重ねたまま苦笑する。

「駄目だよ。吸血鬼は与えられたものを返さなきゃいけない生き物なんだ。なにがいい？　なんでも叶えてあげよう」

「……なんでも？」

マリーは、そこで考えるように小さく呟《つぶや》いた。

「宝石？　ドレス？　それとも新しい部屋とか」

「お」

「ん？」

目をつむったマリーは、真っ赤な顔で絞り出すような声で言った。

「……おじいさま、って、……呼んでもいい、ですか……」

懇願するようなそれに、前で膝をついたままのウィリアムはしばし言葉を失った。

「え、うん。それは、もちろん」

そもそも彼は、以前にそう呼んで欲しいと言ったはずである。

マリーからそう呼びかけられたのはほんの数回しかないが。

返事に、マリーは目を開けてウィリアムを見た。

「おじいさま」

本当に嬉《うれ》しそうにそう呼びかける。

マリーが頬を赤らめて相好を崩す様子を見て、男は瞬間的に口に手を置いた。急激に腹の底からわき出してきた飢餓感に抗って、呻《うめ》く。

まずい。

目の前が夕闇のように暗褐色に沈んだ。吸血鬼の本能が理性に勝る合図。

「だ、大丈夫ですか……⁉」

マリーが近づく。

突然様子の変わったウィリアムを見上げる女の子は、逃げればいいものを不安そうに傍で佇《たたず》むだけだ。

鋭敏になった感覚が、獲物の心臓の鼓動を捕らえる。早く脈打っては全身に美味しい血をめぐらせる音。

これだけ人間の血を飲むのを我慢した。行き場のない子ども一人、いくらでも食えば良いと裡《うち》から獣の声がする。

「――――」

「え」

獲物を逃がさないために爪が伸びたウィリアムの手が、マリーの細い腕を掴《つか》む。そのまま、華奢《きゃしゃ》な体を押し倒した。

目を見開いたマリーの薔薇色の髪が草地に広がる。触れた手は吸血鬼と違って温かく、瑞々《みずみず》しい生命力に溢《あふ》れていた。

腹が、減った。

「んっ」

その綺麗な白い首筋に顔を埋めると小さな体が跳ねる。お日様の匂いが鼻をくすぐった。

「おじい、さま……？」

戸惑いと怯《おび》えの混じる声。まだ逃げる気配はない。それを見て――ウィリアムは、ゆっくりと体を起こした。

「……ハイムズ、君」

「はい」

植え込みから執事が近づく。ウィリアムはマリーを押さえつける手を、震えながらゆっくりと外した。

「マリーを連れて、城に。……早く、抑えがきく、うちに」

地面に俯《うつむ》いたウィリアムの尋常ではない様子を前に、ハイムズに抱え起こされたマリーは彼を見た。

ウィリアムの目はいつかのように紅くなって、口元には、長い牙も覗いている。

「……」

金髪の吸血鬼は、顔を覆っていた手をゆっくりと外した。

半分だけ見えているのは切れ長の目。わずかでもずれていたら成立しない造形は、薄い唇に笑みを刷くと凄みを増した。

どこか遠くを見るような瞳が、マリーを射貫く。それだけで途端に体の自由が利かなくなった。

このウィリアムは怖い。

吸血鬼のことなど何も知らない女の子も、それだけは理解していた。

「お嬢様、こちらに」

けれど。

「……待って、ください」

マリーを伴ってその場から立ち去りかけていたハイムズを止める。女の子は唾を飲み込んで震える声で言った。

「だ、大丈夫です。私の血でよかったら、飲んでもらっても」

「お嬢様」

ハイムズが咎《とが》めるように言う。

「そ、それに、仕事があるメイドさんよりも、何もしてない私のほうが血を飲まれても支障がないと思いますし」

　慌てて理由を付け加える。

　地面にひっくり返ったのはびっくりしたけれど、脳裏にあるのは、吸血鬼のメイドが吸われていた時のこと。

　ウィリアムは嚙《か》まれたら痛いと言っていたけれど、痛そうではなかった。むしろ嬉しそうに微笑んでいたくらいで……。

「私も、少しくらい、おじいさまの役に立ちたいんです……！」

「ですが」

「マリー」

　いつの間にか近づいていたウィリアムが、女の子の体を抱き上げた。それを見て、ハイムズが一歩後ろに下がる。

「君が、何も役に立たないなんてことはないよ」

　爪の伸びた、大きくて冷たい手が慈しむように彼女の頰に触れる。

「……でも」

　知らず顔を俯かせると、頤《おとがい》をとられた。

「美味しいマリーの血を、少しもらってもいいかい？」

　紅い目の吸血鬼が囁く。怖れを隠し、マリーが意思を込めて頷くと、わずかに顔が上に向けられた。ゆっくりとウィリアムの顔が近づいて——唇がマリーのそれと重なった。

思わぬ事に目をぱちくりしたマリーの唇を割って、ウィリアムの舌が中に入り込んだ。

「っん」

思いも寄らない動作にマリーは体を震わせた。

わずかに触れあった口が離れる。血を吸われるのではなかったのか。訳が分からず戸惑っていると、ハイムズがさらに後ろへと移動するのが見えた。

「……痛かったら、言うんだよ」

マリーの首に、ウィリアムは冷たい舌を這わせた。

「あ……」

それだけなのに、いつかのぞくぞくとした感覚が背中を這《は》い上がる。くすぐったさを数十倍にしたような感覚に、マリーは思わず体を硬くした。

「大丈夫、力を抜いて」

くくられていない赤い髪。背中の半ばほどの長さの、草や枝が絡まる髪を手で梳《す》いて、ウィリアムはマリーの耳元で囁いた。

「もう一度僕を呼んで?」

「……お、じい、さま?」

「うん」

ウィリアムは、マリーの顔の横の髪一房を彼女の耳にかけた。ひやりと夜風が隠れていた白い肌にあたる。じっと身を固くしてその時を待つ女の子の首元に、ウィリアムが顔を埋めた。

薄い唇が肌に当たる感触。

そして彼は、大きく口を開いた。

「……っ」

一拍遅れてつぷ、とマリーの肌にウィリアムの牙が刺さる。

肉に食い込んだ冷たい楔《くさび》に、瞬時に全身に鳥肌をたてた女の子は、大きな目を見開いた。

「あ、……っ」

体を突き抜けた強い痛みに短く悲鳴が上がる。その瞬間、強く抱き込まれた。

「……っ、ん、ぅ……」

その痛みは一瞬で過ぎ去り、代わりに押さえようもない陶酔が体を駆け巡った。

体を内側から撫でられるような感覚に、マリーは四肢を硬直させて首を仰け反らせた。

震える手でウィリアムの肩を掴む。飲み込みきれない唾液が端からこぼれ、女の子は陸に上がった人魚のように唇を動かした。

身近に聞こえる、彼の喉が鳴る音が、やけに生々しい現実感を伴って今起きている出来事を女の子に伝えてくる。

私の血が、ウィリアムの中に。

「……あ、っ待っ」

穿《うが》たれた痛みはもうわずかだ。けれど、抱きすくめられたまま、マリーは小さく悲鳴を上げた。急速に手足が冷えて痺《しび》れ、力の抜けた手から空色の卵が落ちた。

あ、と視線で追うとそれは途中で黒猫の姿になり、地面に下りる。

女の子の首に噛みついたままのウィリアムが猫に紅い瞳を向けると、彼女は無言でハイムズの足下に駆け寄った。

「……っひ、う」

まだ、喉を鳴らす音がする。本能的な恐ろしさに身を捩《よじ》れば逃がさないというように腕が強く小さな体を抱いて、抵抗を封じた。

なにもできずただ奪われる時間はやけに長く、マリーはただ体を縮こまらせて、ウィリアムを突き飛ばして逃げたい衝動に抗った。

「ふ、……っ」

わずかに呼気を吐いたところで、ウィリアムが首から口を離した。皮膚をわずかにひっぱり、牙が抜ける感覚がする。

「……力を抜いて」

低い声とともに、首元に舌が這う。それだけで、わずかに痛みが和らいだ気がした。

「っふ、ひっく」

「マリーの血は、甘いね」

宥めるように優しく背中を撫でられた。しかし、こわばった体は動かし方を忘れてしまって、未だ流れ続ける涙すらぬぐえない。

震える女の子を抱き直したウィリアムが、その涙に口づける。

そして、その場に立ったままのハイムズに、顎で城の方を示した。

「いつまで見てるつもりだ」

「失礼しました」

胸の前に手を置いて軽く頭を下げたハイムズは、黒猫を従えて姿を生け垣の向こうに消す。

「……あ」

涙で視界が霞《かす》む。地面におろされたが、全身の力が抜けて、支えるウィリアムの手に体を委ねる。見上げると、花の咲く庭園で、月に照らされた綺麗な祖父が微笑んだ。

向かい合った彼に再び抱き寄せられて、咄嗟《とっさ》にマリーは身を捩った。

「や、だめ……っ――」

思わず拒む言葉が口から出る。ささいな抵抗は意味をなさずに、再び首に牙が立った。

痛いのは、慣れている。

粗相をしたと棒で殴られて、仕事が遅いと平手打ちされて、邪魔だと足蹴にされて。けれど今感じているのは、彼女の知っている類いの痛みではない。

本能が言う。

この痛みに、身を委ねてはいけない。

二度目の吸血は先程よりもどこか甘美で、マリーは幼い頬に朱をのせて呼吸を乱した。

「やだ、怖い、……っおじいさま、おじ……っさまぁ」

マリーは繰り返し名前を呼ぶ。それは、彼しか縋《すが》るものがない彼女の精一杯の祈りだったが。

死の恐怖すら通り過ぎれば、擦れた喉はもう音を成さなかった。


完全に力の抜けた獲物から、口を離したのはどれくらいしてからか。

支えを失って地面に崩れ落ちたマリーに、ウィリアムは上から覆い被さった。

「マリーも僕の血を飲ん……ん？」

目を閉じる女の子を見て、ウィリアムはそこで思案するように眉をしかめた。

彼はわずかに開いたマリーの唇に触れ、指で犬歯を撫でる。それがわずかな尖《とが》りしか持っていないことを確認した。

瞬きで、男の紅い目が蒼《あお》になる。

そもそも、マリーが吸血鬼ではないということを失念していた。美味しくて夢中で飲んで――。

「マリー！」

肩を揺すっても返事はない。青ざめて血の気のない顔で目を閉じる頬に手をやる。

首筋には突き立てられた牙の痕。きめ細かくすべやかな肌の上で、赤い色がやけに印象的だった。

はっと意識が浮上した。

「……っ」

一瞬前まで悪夢にうなされていたマリーは、ベッドの中で荒く息を吐いた。

暗さに目が慣れてくると、垂れ下がった分厚い天蓋の幕が視界に入った。ビロードのそれは、ランプのわずかな光に反射してきらきらと輝いている。

「？」

わずかに顔を動かすと、額にかかっていた手がずり落ちた。

そこで気づく。ベッドに腰掛けたウィリアムの膝の上に、頭を乗せている状態だ。

彼は目を閉じて、眠っているようだ。

「……」

体が熱くてふわふわする。

マリーは気怠く体を起こした。少し開いたウィリアムの襟元を見ると、綺麗な首筋が覗いていた。

（……噛みたい）

発作的に体が動いた。

「……おじいさま」

襟を持ったマリーがウィリアムの首筋に、歯をたてる。

けれど彼女の犬歯は小さく、力も弱く、ただ肌にひっかかるだけだ。歯形も付かないことに絶望して、マリーは襟を持ったままぐりぐりと男の肩口に額をこすりつけた。

「……寝込みを襲うなんて悪い子だ」

その時、囁くような声がして、大きな手がマリーの背中に回った。

暗さに慣れた目が、ウィリアムの瞳の蒼色を認識する。

「僕の血は高いよ、小さな吸血鬼さん」

目を細めた彼はそう言って、人差し指でマリーの唇に触れた。

わずかに開いた隙間から侵入したそれが、女の子の前歯を撫でる。マリーがじっとしている間に、指は口から離れた。

からかい半分の咎める口調に、マリーは目を伏せた。

「悪い子は、嫌いですか？」

「まさか。吸血鬼の大好物だよ」

ウィリアムは即答する。

「悪い子は、攫《さら》ってどこかに閉じ込めてしまおうか」

男は軽く女の子を抱き寄せた。

天蓋の分厚い幕が降りていて、周りの様子は見えない。その広いベッドの上で、マリーは大きな腕の中にすっぽりと収まる。

ぽんぽんと、ウィリアムがマリーの背中を優しく叩《たた》く。力の入らない体で凭《もた》れ掛かるマリーの、汗で張り付いた髪を耳にかけた。

「ごめん、その、何を言っても言い訳になるのだけど。マリーがあんまり可愛くて、……痛い思いをさせてしまった。本当にすまない」

ウィリアムの手が首に触れて、ようやくマリーはウィリアムに血を吸われたことを思い出した。

そっと自分の歯を指で確認する女の子に、男は言う。

「一度噛まれただけでは吸血鬼にならないから、大丈夫」

そうなのか。

マリーは心配そうな顔のウィリアムを見上げた。

「……吸ってくださいって言ったのは私ですから」

マリーはウィリアムのひやりとした手をとって、願いを込めて己の額につけた。

「元気に、なりましたか」

「っ、」

「血を吸ったら、元気、に」

熱のせいか頭がぼうっとして、素直に言葉が出る。そうだったら嬉しいのにと、首に噛み痕をつけた女の子が微笑むと、彼は何故か顔を手で覆った。

「……なりませんでしたか」

やはりマリーの血では無理なのだろうか。

「ううん、そうじゃない。元気にならないなんてことは全くないんだけど」

ウィリアムは深く長い溜息《ためいき》をついた。

「ハイムズ君、マリーが可愛すぎてどうしよう」

「しっかり反省してください」

天蓋をあけて、盥《たらい》を持ったハイムズが姿を見せた。そこにひょこりとベルベロッサも加わる。

「強引なウィリアムはとっても素敵だけど」

ウィリアムに抱かれたままの女の子の頬に、ベルベロッサが手を置いた。

「女の子は丁寧に扱ってちょうだいね」

「……はい」

「うんうん、熱は下がってきてるみたい」

テキパキとマリーの口や脈の診断をしたベルベロッサは、胸の谷間からいくつか小瓶を取り出した。小さな片手鍋に手早くその中身を入れる。

「リン！」

「はい！」

呼ばれた黒猫がぼわっと炎を吹き上げる。一瞬にして煮立ったものを、古びた杯に注いだ。

「まだ熱いから、これ次に目が覚めたら飲ませてね。あと……」

「……ベルベロッサさんが、魔女みたいです……」

「正真正銘の魔女だよ。さ、良い子はもうお休み」

手品のような調合と、心地よいベルベロッサのソプラノを聞いて、とろんと瞼《まぶた》を重くさせた女の子にウィリアムが言う。

小さな体を抱いたまま、彼は子守唄を歌う。

熱がある体に、ウィリアムの低い体温は心地いい。綺麗な声を聞いているうちに、今度は優しい眠りの世界に落ちた。


次に目を覚ますと、枕元に黒猫がいた。

主人が起きたことに気づいた猫は、マリーが頭を動かしてずれた布を肉球の手で持ち上げた。

「お加減は」

ハイムズの声がして、そちらを見る。

「……だいじょうぶ、です」

お盆に湯気の立つカップやタオルを載せた執事が部屋に入ってきた。

持っているものをテーブルに置く。大きな手が女の子の額に当てられ、温度を確認して、離れた。

ハイムズはマリーを座らせて、その背にクッションをあてがった。

枕元のテーブルには、いくつもの草や木の実、水差しが載っている。

広くなった視界で改めて、見たことのない部屋を眺めた。

「ここは……」

天蓋の分厚い幕の向こうには、本が並べられた棚と、いろいろな岩石や瓶が置かれた戸棚が見えた。大きなベッドと幕が邪魔で、全体像は覗えないが。

「旦那様の寝室です」

「え」

マリーは今いるベッドを見た。

「……棺桶《かんおけ》じゃないんですね……？」

「あれは千年くらいで飽きられて。お嬢様を自身で看病すると言って聞かなかったので、ひとまずこちらに」

確かに棺桶の代わりと言われると、やけに分厚い幕の理由も分かる。

「……おじいさまは」

「昼も夜も看病されていたので、さすがに休ませました。どうぞ」

ハイムズが何か緑の液体の入った杯を差し出した。

「ベルベロッサ様秘伝の、栄養剤だそうです」

「あ、ありがとうございます」

ぺこりと頭を下げて、受け取ったマリーは毒々しい色に狼狽《うろた》えつつ、中身を口に含んだ。

「っ、んぐ」

えぐくて苦いそれをどうにか飲み込むと、次いでミルクのカップを渡される。ゆっくりと飲むと、はちみつの甘く優しい味がして、どうにか薬の味が相殺できた。

「旦那様に大量に血を吸われて、数日危篤状態でした。薬草の知識のあるベルベロッサ様に頼んで、どうにか持ちこたえましたが」

執事はマリー付きの侍女からタオルを受け取った。

「リン、ここはいいから見回りに」

「あ、はい。ではお嬢様、失礼いたします」

黒猫は軽快に尻尾を揺らして去って行く。

パタンとドアが閉まった。

「……てっきりお嬢様を、吸血鬼にするおつもりかと思いましたが」

ハイムズの言葉に、マリーは首筋に手を置いた。

指に、牙で穿たれた痕が触れた。

「一度噛まれただけではならないらしいですよ」

「まぁ、そうですね」

知ったばかりの知識を披露すると、執事は短く答える。

続く言葉はなく、部屋に沈黙が流れた。

「な、何回くらい噛まれたら吸血鬼になれるんですか？」

「回数と言うより、基本は体液交換でしょうか」

「……体液？」

「血や、唾液などのことですね。吸血鬼が血を吸ったり色々した代わりにそれを渡して、人間の体を中から作り替えます」

「血と……」

はたと思い出した。熱でぼうっとしていたからそのままだけれど。マリーは自分の体を慌てて検分した。

「どうかされましたか」

「やっぱり、吸血鬼になっているかもしれません」

「なぜ？」

「おじいさまと、き……」

言いかけて、恥ずかしくて口を押さえた。血を吸われる前にウィリアムとキスをしたなんて言えない。

しかし現場をばっちり見ていたハイムズは、女の子の羞恥などどこ吹く風だった。

「唾液を渡していましたね」

「……は、いえ、えと」

「吸血鬼に噛まれた人間は普通、噛まれた者の意志通りに動く『虜《とりこ》』になります。けれど、その体液を摂取して免疫をつければ自由意思を許される」

「そう、なのですか」

「旦那様がお嬢様を大切に思っている証拠です」

「……」

いつもの表情で言ったハイムズは、意外な言葉を続けた。

「あなたには感謝しています」

「？」

「旦那様は、奥様がいなくなってからはずっと必要最小限の血だけで過ごされてきて、あとは花の精気を、蝶を媒介に吸っていらっしゃいました。それでもやはり年々力も弱くなってきて……こうして回復されたのは、あなたの存在があったからです」

いつもの淡々とした口調で語られる内容に、マリーは小さく首を横に振った。

「私は……何も。ミ……、……他の人のほうが、もっとずっとうまくできると思います」

「そうですか？」

「え」

ハイムズは女の子の持つカップに、手を伸ばした。

背中に敷いているクッションをとって、ベッドに寝かせる。顔にかかる赤い髪を払う手はウィリアムと同じくひんやりとしていた。

「あなただからこそできた。それだけです」

執事は言う。

「ここに来ていただいて、感謝しています」


「じゃあ、諸々のツケを体で払ってもらいましょーか！」

ベルベロッサがそう言って温室に現れたのは、四月の終わりの日。新緑が深まる季節のことだった。

あれ以来、ウィリアムはマリーの血を吸うことはなかった。

穏やかな日々ですっかり体調も元に戻っている。マリーの読み書きの勉強を見ていたウィリアムは、突然現れた旧知の魔女を見た。

「いいよ。なにをさせるつもり？」

「みんなでお祭りに行くのよ！」

ベルベロッサは天井に両手を広げて、叫んだ。

「お祭り……ああ、あれか」

ウィリアムのほうはそれでぴんと来たらしい。未だ話がつかめないマリーの肩を、ベルベロッサが摑んだ。

「ということでマリーは支度をするので、男性陣は出発の準備をして待ってなさい」

「あ、あの」

「ハイムズ、品は用意できているかしら？」

「言いつけ通りに」

「え、いつのまに⁉」

「旦那様の分もありますよ」

「さぁさぁマリーはこっち」

主人と執事の問答を背に、女の子は有無を言わさず温室を連れ出された。

自室に戻ると、いつの間にやら床にはすでに洋服の箱が置いてあり、数人のメイドが待機していた。黒猫のリンもいる。

「ふふふ、ウィルが見たら驚くわ」

きつくならない程度にコルセットが締められて、ベルベロッサが手ずから選んだという服を着せられる。その上から、ブカブカの黒いローブを羽織った。髪の毛は緩く三つ編みにして垂らし、薄く化粧を施される。

最後に、ローブのフードを深く被せられ、手に、猫のぬいぐるみに化けたリンを持つ。

「まぁぁあああ！」

ベルベロッサが感極まったように頬を紅潮させて口元を押さえた。

マリーは自分の服を見下ろした。これは、おそらく……。

「魔女の仮装、ですか？」

背中を振り返る。女の子の足首まで覆い隠すローブの裾が、ふわりと翻った。ぬいぐるみ仕様の使い魔リンの、布地の柔らかい手触りを優しく確かめた。

そこで思い切りベルベロッサに抱きしめられる。

「私が昔使っていたのを持ってきたの。ああ、このまま連れて帰って弟子にしちゃおうかしら！」

「やめてください私たちのお嬢様ですよ！」

それを、吸血鬼のメイドが剥ぎ取る。

「はわぁ可愛いい食べちゃいたいいいいい」

その隣にいる涎《よだれ》を垂らさんばかりのメイドが、叫びながら香水を掛けてくれた。

ベルベロッサに連れられて玄関ホールまで出る。外出の準備をしたウィリアムとハイムズがそこで待っていた。

ベルベロッサにエスコートされるマリーを二人が見る。目の前まで来た小さな魔女に、ウィリアムは微笑んだ。

「可愛いね。さすがベルベロッサ」

「当然でしょう！」

「でもひとついいかな。そこは吸血鬼の服にするべきだったんじゃ」

「そろそろ出発しないと間に合いませんよ」

「はいはぁい」

ハイムズの一言で、上機嫌のベルベロッサが続く。

リンを抱いたままマリーは自分の服装を見下ろした。

「……やっぱり、似合わないですか」

「あ、いや、すごく似合ってるよ⁉　うん、可愛い魔女さんだ！」

脱いだ方がいいかと思って呟くと、慌てたようにウィリアムが言う。魔女のローブが気にいっていた女の子は、その言葉にぱっと表情を明るくした。

「ぐっ」

ウィリアムは何故か胸を押さえて呻くと、しばらくして咳払《せきばら》いをし、マリーに手を差し出した。


馬車で連れられたのは、大きな街だった。夜の間に移動をして、日中はホテルで仮眠を取り、夕暮れとともに出掛ける。

その頃にはすでにお祭りは始まっていて、街のあちこちで屋台が出て、踊ったり乾杯したり空気が浮かれている。

そして、ほとんどの人が怪奇な扮装《ふんそう》をしていた。

マリーのような魔女や魔法使いが多いが、精霊や悪魔のお面、吸血鬼、山羊の頭、華やかなドレス、中世の騎士の格好をしている人もいる。

「五月祭ですか？」

少しでも気を抜くと人波に押し流されそうな祭の渦の中で、マリーは聞いた。

建物のあちこちにランプが灯り、街灯が燃えている。緑萌《も》える若葉の日に、豊穣《ほうじょう》を祝う祭。色々な地方で行われているが、共通して、色鮮やかな春の到来を告げるもの。

マリーがいた孤児院の街でも、催し物が行われていた。残念ながら参加したことはなかったが。

「そう。人間の扮装に混ざるって楽しいでしょう」

くるりと回って言うベルベロッサは、狼女《おおかみおんな》だろうか。肌を惜しげもなく晒《さら》し、頭に狼の頭を模した帽子を被って灰色の毛皮を羽織っている。松明に照らされる美貌に周りの目は釘付けだ。

「マリー、しっかり手をつないで。離れないようにね」

マリーの手を引くウィリアムは、鳥を模した面を被っていた。しかしそれでも、黄金の髪のせいか精悍《せいかん》な雰囲気のせいか、すれ違う女性が振り返ることも多い。顔を見たらみんなきっと驚くだろうなと思って、誇らしいような秘密にしておきたいようなむず痒《がゆ》い気持ちになる。

いくつもの屋台と賑《にぎ》やかな音楽。祭りには何の縁もなかった女の子にとっては夢のような世界が広がっていた。

「ワルプルギスの夜だ」

街の様子を見ていた鳥の面のウィリアムが呟く。

「ヴルプ……？」

聞き慣れない単語に聞き返したマリーに、魔女が微笑む。

「四月最終日に、ドイツのブロッケン山にみんなで集まって、魔女の集会をするのよ。今年私は遠慮したんだけど」

マリーは、ベルベロッサたち魔女がたくさんいるところを想像する。

「その様子に五月祭を重ね合わせて仮装して楽しむの」

「へぇえ」

仮装した人々はとても楽しそうだ。マリーはちらりと傍らのウィリアムを見た。

まさか、本物の吸血鬼や魔女がこんなところにいるとは誰も思わないだろう。

こんなに大勢の人がいるのにと思うと、なんだか可笑しくなった。孤児院にいた頃は想像もしていないことだったが、彼らと道ですれ違うこともあったのだろうか。

日が暮れるにつれ、祭りはいよいよ熱を帯びる。

人の数も多くなる一方。ウィリアムとはぐれないようにするのに必死で、彼が渡すまま受け取ったお菓子で、いつの間にかマリーの腕は一杯になった。

ぬいぐるみのリンも、不自然にならない程度に支えてくれている。

そして、いつの間にかベルベロッサともハイムズともはぐれていた。

「どこに行ったんでしょうか」

「……そうだな。あ、あれ美味しそう」

「もう十分です！」

「え、そう？」

さらにお菓子を追加しようとするウィリアムを制する。

暗がりで、リンがバスケットに姿を変えて、お菓子を入れさせてくれた。それでようやく、マリーにも屋台や踊る人たちを見る余裕ができた。

「みんな、気づかないものなんですね」

先程不思議に思ったことを聞いてみた。

「勘の良い人間も減ったからね。昔は遊んでたら狩人に追いかけ回されたりしたけど」

「え……」

そうかその可能性もあるのかと、きょろきょろとマリーは警戒した目を周りに向けた。

その様子を見て、ウィリアムが吹き出して肩を震わせる。

「大丈夫だよ。何もしなければさすがに手を出してこないから」

「そう、ですか……？」

しかし、森にいた狩人と、陽に灼かれたウィリアムの姿は未だ生々しい。

もし彼らがいたらと思うと、落ち着かずマリーは視線を彷徨《さまよ》わせた。

「……この近くに、僕の好きな場所があるんだけど」

そう声を掛けられて、ようやくウィリアムを見上げたマリーに、彼は仮面を少し押し上げて、柔らかい笑みを見せた。

「よかったら行ってみる？」

頷くと、ウィリアムはマリーを抱いて街の喧騒《けんそう》に背を向けた。

街から少し外れた森。篝火《かがりび》もなくなって、星明かりの中は暗い。けれどウィリアムにはよく見えているようで、マリーの手を引く歩みは迷いがない。まるで植物たちが自ら道を空けるように、草木を避けもせず真っ直ぐ登っていく。

着いたのは、丘のてっぺん。大きな木が一本生えていて、両腕を広げた枝の先には数え切れないほどの葉が茂っている。

「妖精の丘だよ」

「妖精の……」

バスケットを抱いたマリーはきょろきょろ辺りを見回す。けれど残念ながら妖精の姿はどこにもない。

「そろそろかな」

眼下に街の明かりが見える。祭りもクライマックスのようで、広場にたくさんの人が集まっているのを眺めていると、その中心にある木の組まれた大きな台に火がくべられた。闇夜に明るく炎を上げて、オレンジ色が燃え上がる。その様子を見ていたマリーの傍らで、ぽう、と何かが光った。

後ろを振り返ると、枝葉の隙間からたくさんの光が溢れていた。驚いて声の出ないマリーの前で、光の一つが踊る。目をぱちくりする間にも、灯火がどんどん増えていく。

「やぁこんにちは。お邪魔するよ」

朗らかにウィリアムは言う。会話しているのかもしれないが、マリーには何も聞こえない。そこで、バスケット姿のリンが光に持ち上げられて宙に浮いた。

「リンさん、っ」

ふらふらと好き勝手に踊っていた光は、リンを追うマリーの何かに気づいたようで、明確な意志を持って群がってきた。

「え、っと、わ」

数個の光が無理やりフードをとる。

それで、女の子の髪にあしらわれた、水晶の付いた赤い薔薇の髪飾りが現れた。

魔女と同じく悪戯好きの妖精達が、ローブを脱がせようとするのを、マリーが必死に止めた。その間に、お菓子を妖精に全部取られて身軽になったリンは、するりと地面に降りた。

「待って、あの、っ」

風でローブの留め具が吹き飛ばされて、中に着ていたドレスが晒される。

「……なるほど、さすがベルベロッサ」

「見ないでください！」

大きく胸元が開いた藍色のドレス。似合わないと散々言ったのに皆に着させられたものだ。恥ずかしくて、マリーはその場にしゃがみ込んだ。

そんな女の子を前に、仮面を外した男は跪《ひざまず》いて手を差し出した。

「綺麗なお嬢さん、僕と一曲踊って下さいませんか」

マリーはその大きな手を見て――――自分の手を重ねた。

「……喜んで」


下生えの草も難なく踏み分けるウィリアムのステップに身を任せれば、場所はいつもの絨毯《じゅうたん》と変わらない。高く低く歌うウィリアムに合わせて、マリーは踊る。

「マリー、ちょっと目をつむってくれるかい」

言われるままに目を閉じる。不意にふわりと柔い風が吹いて、もういいよと言われて瞼を持ち上げた。見える景色に、マリーは息をのんだ。

先程まで草ばかりだった丘一面に、数え切れないほどの花が咲き誇っていた。妖精の光は活発にその花びらや茎の周りをくるくると廻《まわ》る。

「これ、おじいさまが?」

「そうだよ。植物にちょっと精気を融通してね」

会話しながらでも、ステップは乱れることはない。

驚いた様子を隠さない女の子が、男を見上げた。

「すごい、きれい」

「姫がお気に召したならなによりです」

お茶会の度に練習したダンス。少しは上手になっただろうか。

そう思って見上げた夜に佇む美しい人は、目が合うとにこりと微笑む。それだけでマリーの胸は一杯になった。

この気持ちをなんと言うのだろうか。

孤児院にいた頃は知らなかったことばかりの毎日だった。けれどこれはきっと、その中でも一番大切で、難しいものの気がした。

名前の付け方をしらないマリーは、ただこの時が止まればいいのにと、それだけを願ってウィリアムに笑顔を返した。

次の瞬間、ウィリアムがぴたりと動きを止めた。

緩やかな足運びだったからマリーも自然と手を繋《つな》いだまま地面に立つ。突然のことに、マリーは不思議に思いながらウィリアムを見上げた。

「どうしたんですか？」

「あ。え……っと……いや、うん」

視線を外したウィリアムは、わずかに赤い頬でなぜか仮面をつけ直した。

中断はわずかで、再び踊りだす。

ステップは先程よりもゆっくりだ。花と光がいっぱいのダンスフロアで、マリーは小さく唾を飲み込んだ。

もう十分、夢を見させてもらった。真実を告げるのは、今が絶好の機会だ。

(言わないと)

マリーを孫だと思っているから、ウィリアムはここまでしてくれるのだから。

(言わないと、……言わないと)

「……おじい、っ」

「マリー！」

考え事で足元が疎かになり、石に蹴躓《けつまず》く。

バランスを崩せば、マリーの腰をウィリアムの手が支えた。そのまま彼は膝をついて、マリーも地面に尻餅をついた。

「……びっくりした」

「ご、ごめんなさい」

妖精の光が消える。上空に巻き上げられていたローブが、ふわりと降りてきて。ウィリアムはそれを摑むとマリーにかけた。

「ダンスの途中に、パートナー以外のことを考えるとは悪い子だ」

「……すみません」

言ってなんだか可笑しくなって、どちらからともなくくすくす笑う。

風だけが通り抜ける黒い丘の上。二人の笑い声が自然に止むと、静かな空白が生まれた。

「マリー……」

フードを被せたまま、ウィリアムが口を開く。

「……血を、少しもらってもいいかな」

女の子の手を取り、その手の平に男が口付ける。マリーの指が、ウィリアムの犬歯に触れた。

ひやりとした唇が触れた途端に、マリーは前回の痛みと感覚を思い出して体を震わせた。

「あ、の」

心臓は勝手に鼓動を早くする。

重ねられたままの手が、ウィリアムの頬に添えられた。蒼い目がじっとこちらを見る。

マリーの喉が鳴った。

「……どうぞ、……飲んでください」

答えると、ウィリアムが距離を詰める。

地面に座り込んだまま、どうしていいか分からず身を固くする女の子の背中を抱いて、男はゆっくりと口を首筋に近づけた。

ウィリアムの服に手を置いて、その瞬間を待つマリーを、ウィリアムが宥めるように撫でる。大丈夫だと安心させるように優しく手を動かされているうちに、少しずつ緊張は解けていった。

（……まだ）

そう思って女の子がわずかに力を抜いた一瞬に――――吸血鬼は柔らかい肌に牙を突き

立てた。

「ッ」

刹那の鋭い痛みと血が溢れ出る感覚。

本能的に逃げようとする体を、ウィリアムが抱きしめる。それで小さな体は抵抗すらできず、さらに深く牙が穿たれたマリーは呼吸を乱した。

「はっ、ぁ」

目から涙が溢れる。

ぞくぞくした感覚が足下から這いあがる。それを逃がしたくて体を揺らすと、獲物を逃がさぬようにウィリアムがマリーを抱く力を強めた。

「や、あ、っ」

強い感覚の波が次々と押し寄せて、マリーの体が勝手に跳ねる。

徐々に呼吸が浅く荒くなって、もう少しで――――なにか捉えられそうなところでウィリアムの牙がゆっくりと外された。

「……は」

男の吐息が聞こえて、マリーは目を開いた。

「……体の具合は？」

「平気、です」

時間にすると一分にも満たない吸血だった。

赤い頬でふらつくマリーを、ウィリアムが胸に抱き寄せた。いつもと変わらない頭を撫でる手にほっとして、マリーはさきほど牙で穿たれた側の肩を見る。

（……もっと、吸っていいのに）

ウィリアムの部屋で聞いた、ハイムズの言葉を思い出す。ほとんど飲んでいなかった血を彼が口にしてくれるのは、いい傾向だと。

次はどうなるかわからない。でも、今はまだ大丈夫。殺されていないということは、まだここに、ウィリアムの近くにいていい証だ。その事実にただマリーは安堵《あんど》する。

そこにあるのは、実直な承認欲求。

偽りの代償は血で、報いが死なら、なんと相応しいことだろう。

「こんないいところでやめるなんて、相変わらずウィリアムは鬼畜だね」

その時、軽やかな声がした。

マリーの体が宙に浮く。後ろを見ると、いつの間にか傍に、銀の髪に琥珀色《こはくいろ》の眼をした綺麗な人が立っていた。

「アデルバード」

ウィリアムが呟くのと、突然現れた男がマリーに笑みを向けるのが同時だった。

「……っん」

逃げようにも体に力が入らないマリーのドレスの上から、アデルバードと呼ばれた男が手を滑らせる。それだけで、ぴくんとマリーの体が跳ねた。

誰ともしれない手が触れているのに、感覚のおかしくなった体が反応することに、マリーは戸惑って男を見上げる。

「私ならすぐにでも天国を」

「────触るな‼」

雷が落ちたような振動と声が響く。

比喩ではなく、本当に地面が揺れていた。衝撃と怒声に驚いたマリーを取り返して、ウィリアムが牙を剝く。見上げると、その目は紅く光っていた。

「怖い怖い。折角、ずっと引きこもっていたウィリアムがお祭りに来ている、しかも孫を連れてと聞いて文字通り飛んできたのに」

「帰れ暇人」

「暇ジャナイヨ、これでも王様は忙しいんだからね！」

（王様？）

マリーが、突然現れた男を見る。

女性かと思わせるほど中性的な美貌。ウィリアムが芸術品の美しさなら、彼は空にかかる月さながらの麗しさだ。

視線に気づいた彼は美しい銀色の髪を優雅に撫で、猫のような目を細めた。

「……彼はアデルバード」

ウィリアムが、不機嫌そうに改めて男を紹介する。

「僕以外では唯一の古代種で、吸血鬼を束ねる、王をしているんだ」

「初めましてどうぞよろしく。えーと」

「マリー、です」

「マリー！　それで君はいつ吸血鬼になるの？」

「え」

王アデルバードの言葉に、マリーはきょとんとし、ウィリアムは顔を背けた。

そんな二人の姿を見て、アデルバードが顔を曇らせる。

「しないの？　まさか血を吸わせてもらってるだけ？　それ家畜と一緒」

「黙れ」

ウィリアムが言葉を遮る。

「なんだいつれないな。昔馴染み《むかしなじ》みに会うのに手土産なしもあれだから、朗報を持ってきたってのに」

「帰ってくれるのが一番なんだが」

「……オフィーリアが、生きているかもしれない」

ウィリアムがそらしていた視線をアデルバードに向けた。

「何？」

「狩人に殺されたと思っていただろう。彼女の姿を見た者がいるそうだ。まだ確定ではないけど、いい話だろう？」

「それは別人だ」

ウィリアムが言う。

「何故そう断言できる」

「……生きてるなら、僕の所に戻ってくるからだ」

「何か事情があるかもしれない。そう結論を急ぐな。オフィーリアが戻ってくるなら、お前も死ぬ必要がなくなるだろう」

はっとした。

この世から消えたがっている吸血鬼の、その原因は、やはり。

「お節介は相変わらずだな」

「そうさ、これが性分だ。家畜じゃないならその子もそのうち吸血鬼になるんだろう？ほら、可愛い孫をそのまま放っておくつもりかい？」

ちらちらと、アデルバードから視線を送られる。遅れて、その意図にはっと気づいて、マリーはウィリアムを見上げた。

「わ、私、吸血鬼になりたいです……！」

「マリー、大事な決断はゆっくり」

女の子は、必死にウィリアムの手を握った。

「……おじいさまと、一緒の、吸血鬼に」

それは、考えもしなかった妙案に思えた。

成人するまではそばにいてくれると、ウィリアムは言っていた。吸血鬼の成人がいつかは分からないが、人間であるよりももっとウィリアムといられるのだろうか。

女の子の言葉に、しばらく目をつむっていたウィリアムはやがて、自分を真っ直ぐ見上げる緑の眼を見返した。

「でも、僕が関わるとマリーを強大な力をもつ吸血鬼にしてしまう。狩人たちに狙われるのは仕方ないとしても……古代種の力を欲する吸血鬼に目をつけられたら、厄介だ」

「それなら吸血鬼にする手段を、ハイムズ君か誰かに任せればいいじゃないか」

ウィリアムはその言葉に束の間絶句し、視線をマリーに向けた。

「……任せ……」

「任せていただけるなら構いませんが」

いつの間にか、執事が隣に控えていた。

「む、無理無理任せられるかぁあああ！！　いくらハイムズ君でも駄目!!」

しれっと答える執事に叫んだウィリアムは、マリーを腕の中に隠すように抱きしめる。

ハイムズは胸に手をあててマリーを見た。

「お嬢様は私が吸血鬼にして差し上げてよろしいでしょうか」

「はい！　お願いします！」

「マリー!!」

「はい解決。あ、でももう少し大人になってからね」

「……そうなんですか」

「ちょっと話を進めないで。だから僕は承知したわけじゃ」

和やかに話す三人に、ウィリアムが頭を押さえると、アデルバードが溜息をついた。

「あれも駄目、これも駄目、相変わらず自分勝手だな君は」

「お前が言うな！」

「おっと、さすがに私はそろそろ失礼するよ。これでも忙しいもので」

マリーにウィンクした王は、その場に居る面々を懐かしげに眩しそうに、目を細めてゆっくりと視線をめぐらせた。

「じゃあ、またね」

つむじ風が丘を通る。たくさんの花びらを散らしながら、一匹の蝙蝠《こうもり》が、月の方角に飛んでいった。

遅れて、空高く巻き上げられた花びらがひらり、ひらり、と大量に落ちてくる。

「あいつ本当に何しに来たんだ」

ウィリアムが苦虫を噛み潰したように言う。

丘一杯に花が降る様子を眺めていた彼は、傍らの女の子の頭に乗った花びらを指でつまんだ。

「……懐かしいな。フィーもあいつによく、赤髪に花をくっつけられてたっけ」

「奥様も、赤い髪だったんですか？」

「うん。マリーと同じ薔薇色の髪と、緑の瞳だったよ」

マリーは赤髪の毛先をつまんだ。ウィリアムの亡くなった奥様と同じ色。もしかして偽物とばれずに済んでいるのは、これのおかげだろうか。

「ところでベルベロッサは？」

「『逞《たくま》しい殿方』狩りに行かれました。帰りは別行動だそうです」

「……皆、好き勝手すぎる」

ウィリアムが頭を抱えた。その時、ふわりと妖精の丘に風が吹いて、結ったマリーの髪を揺らした。

まだついていたらしい花びらが、夜空高く、吹かれて見えなくなった。


翌日。マリーはホテルのベッドルームで目覚めた。

嵐のような王様が去った後、一行はホテルに帰ってきたのだ。

マリーはベッドの上でしょぼしょぼする目を擦ってカーテンを開けた。午後の暖かい光が部屋に入って来る中、マリーは置いてあった服を着る。そしてカーテンをきっちりと閉めた後に寝室を出た。

「おはようございます」

暗いパーラールームに行けば眠気の感じない声が迎えてくれた。ハイムズだ。

マリーのために灯されたロウソクに浮かび上がったハイムズは、相変わらずきっちりとシャツとベストを身につけて、袖は腕まくりしていて隙がない。

「おはようございます。もしかしてずっと起きていたんですか？」

「外泊するときは、いつも寝ずの番です」

そういえば孤児救済院から出て、城へ向かう道中もこんな感じだった。まだ数ヶ月しか経っていないのに、マリーはとても懐かしい思いがした。

促されてテーブルにつくと、湯気の立つカップを差し出された。

「ありがとう、ございます……」

お礼を言って受け取る。マリーは砂糖の入った甘いミルクを半分ほど、無言で飲んだ。

昨日のお祭りの興奮でまだ体がふわふわしている。自分が吸血鬼になるなど考えもしなかったけれど、奥様のこともあるし、もしかしたらウィリアムが消えるのを止められるかもしれない。

『フィー』

昨日聞いたウィリアムの声がふと蘇《よみがえ》って、マリーはミルクを飲む手を止めた。

ウィリアムの声と口調。それが、どこか懐かしいものに感じられたなんて――――。マリーは小さく首を振った。そんなことは多分、気のせいだ。

「身代わりの生活は大変ですね」

「はい。でも楽し、……です…………」

思わず答えたところで、マリーは固まった。

今、恐ろしい言葉が聞こえたような。そして自分は普通に答えてしまったような。

そろりと視線を動かせば、ハイムズはいつものように無表情で控えている。

「あの！」

「どうかされましたか」

今のは空耳だったのかと、マリーはハイムズを上目で見た。

「……今の、は……」

「ああ。孤児院で一部始終の話が聞こえていました。私は耳が良いので」

震える唇を開けたり閉じたりしていたマリーは、一番気にしなければいけないことを思い出した。

「――――おじいさまは、このこと……っ」

「現状何も言われていませんので、私にもわかりません」

「それは、……えっと……」

「本当に知らないのか、知っていてお嬢様を孫として扱っているのか、私にも判断しかねるということです。直接聞いてみるのが早いかと」

「だめです！」

ぶんぶんと首を振る。

そんな恐ろしいことはできない。知らないからこそ、ウィリアムはマリーをそばに置いてくれているのだ。本当のことを知れば追い出されるに決まっている。

「お願いです」

マリーはぐっと服の裾を摑んだ。

「おじいさま……あの人には、言わないでください…………っ代わりに、なんでもしますから……！」

ここが自分に相応しいとマリーは思っていない。いつかは、偽りの報いを受ける日が来ることも分かっている。それでもウィリアムを――やっとできた【家族】を、手放す勇気が彼女にはまだなかった。

「お願い、……します」

人間の世界のどこにも行き場のない女の子は、震えながら吸血鬼に頭を下げた。

取引をする材料のないマリーは、懇願する以外できることはなく。

祈りにも似た声に、ハイムズが応えたのはすぐのこと。

「はい。私はこの件を誰にも言うつもりはありません」

「え」

信じられない言葉に、マリーは目を見開いた。

「……どうして黙っててくれるんですか？」

「いくつかの個人的な理由からです」

マリーはしばらく待ったが、その後にハイムズの言葉が続くことはなかった。

「でも、……黙っていたら、ハイムズさんがおじいさまに怒られませんか？」

「構いません。私は旦那様以外に仕える気もないので、『隠居』されるならお暇をいただくつもりでしたから」

「……それって」

「これはあなたが来るずっと前に決めていたことなので、お気になさらず」

ひとつ息を吐いて、マリーは優秀な執事に聞いた。

「ミラベルは、今どうしているか知っていますか？」

「居場所を知ってどうします」

「……」

「あの子は、自らの権利と義務をあなたに受け渡したのに」

「私が、臆病者だから勇気が出ないだけで……でも、最後には、ちゃんとミラベルに返さないとって、思うから……」

マリーが引かない様子を見て、ハイムズは静かに嘆息した。

「引き取られた子爵家に今もいらっしゃいます。家族にもよくしていただいて、幸せに過ごしているそうです」

八〇〇歳を超えた吸血鬼はそう言った。

「……そう、です……か……」

どこか安堵した様子のマリーは、束の間視線を下げて。

「ミラベルだから、そうなるに決まってますよね。私、何を心配していたんでしょう」

独り言のように呟いて、苦く笑った。

「そういえば」

儚《はかな》く笑う女の子の、その、赤い髪を一房をとってハイムズは口づけた。

「は、ハイムズさん？」

距離の近さに、マリーが戸惑った声をあげると、彼は顔を上げた。

「先程、黙っていたらなんでもしてくれると」

問いかけに、マリーがぎこちなく頷く。

「では、旦那様にこの計画がバレた時には一緒に逃げてくださいますか？」

「……」

目をしばたたかせるマリーにハイムズは、く、と珍しく口の端を持ち上げた。

「ハイムズさん！」

からかわれていると気づいたマリーは、真っ赤な顔で頬を膨らませた。


陶器の割れる音が暗い部屋に響いた。

部屋付きのメイドが怯えて、縮こまる。今にも爆発しそうな主人を前に、恐る恐るメイドは声を掛けた。

「なにか、ご用でしょうか……」

「――なにか⁉　あんた私のメイドでしょ！　主人の喉が渇いてることくらい察しなさいよ‼」

腹立たしげに叫んだ人物は、一抱えもある花瓶を手で摑んで床に叩きつけた。

盛大な音を立てて、生けられた花と水と陶器が飛び散る。それでもまだ苛立ちが収まらないのか、主人――ミラベルは、綺麗に並べられた本のひとつを取ってそこに投げつけ、靴で踏みつけた。

いつもの癇癪《かんしゃく》を起こした主人を、メイドはただ震えて見守る。しばらくして気が済んだのか、ミラベルは大きく息を叶いて豊かな金髪をかきあげた。

「見てないで早く片付けて！」

メイドはうつむき加減で近づいて、割れた破片を素手で拾い出した。それを見下ろしながら、ミラベルは鋭い破片を持つメイドの手を上から足で踏みつけた。

「ひっ……」

ざくりと、鋭利な陶器が肌を傷つける。中に食い込む異物の痛みに、メイドは悲鳴をあげて泣きじゃくった。

無言の叱責から逃れようと、いくらメイドが力を入れても、主人の足は微動だにしない。絨毯に血の赤がべっとりと染み込むまでそうして、ようやくミラベルは圧を解いた。

そばかすを浮かべたメイドはぶるぶる震え、真っ赤になった手を押さえ——そのまま、部屋を逃げ出した。

「どいつもこいつも……っ、役立たずのグズばっかり！」

ぼろぼろのソファに座って、ミラベルは爪を噛んだ。

「——本当ならおじいさまがとっくに私を迎えに来てるはずなのに。あの赤髪が、邪魔してるに違いないわ」

吐き捨てる女の子の脳裏にあるのは、あの日走り去って行った馬車。

自分を迎えに来たのだ。なのに、マリーが何も知らない自分から権利をむしり取っていった。

孤児院では散々虐めてやった。気味が悪いと小さい子たちに言い聞かせ孤立させ、体力だけが取り柄の男子にちょっといい顔をして、けしかけた。馬鹿なマリーは全く気づいていなかったけれど、他にも色々。

悪いことだとは思っていない。むしろとてもいいことをした。ミラベルはそう信じて疑わない。

だからこそ、馬車の行き先をしつこく聞いただけで追い出すように子爵に売った院長や職員に腹が立つ。子どもがいないからと自分を引き取った癖に、メイドに世話を任せて顔も見せない子爵夫婦にも。

でも一番許せないのはマリーだ。あいつが真実を明かせば、美しい祖父はすぐにでも迎えにきてくれるはずなのに。人の居場所を奪っておいて、どこまで図々しい女なのだろう。

「あぁあ悔しい」

胸に燻《くすぶ》る炎に息が詰まる。何も悪いことをしていないのに、なぜこうなるのだろう。

「……なんで、私ばかり」

『こんばんは』

声がした。

振り返ると窓辺に一羽のフクロウがいて、こちらを見つめていた。

まんまるい目をした鳥は、愛らしく小首を傾げる。

『初めましてミラベル』

第四章　まもなく満ちる月

大きな手が細い指を包み込む。

安心させるように重ねたその手を扉につかせ、男はこちらに背を向ける少女の赤い髪をかき上げた。

黒いチョーカーをつけた、きめ細かく白い肌が露出する。

夜の空気に触れるその頼りない感覚に、大きな身体に挟まれた彼女は後ろを振り仰いだ。

金の混じる緑色の目が見上げる。

怯《おび》えを含んだそれを宥《なだ》めるように、男は手を重ねたまま体を寄せた。そうして、美味しそうな首筋を隠すチョーカーを指で押し上げる。

「おじいさ、ま」

愛らしい唇が呼ぶ声に視線だけで応えて、男は口を開けた。

獲物は逃げずに前に向き直る。無防備に差し出された、その少女の首に吸血鬼が噛《か》みついた。

冷たい牙が肌に潜り込み、華奢《きゃしゃ》な体がぴくんと背を反らせる。

「っ、あ」

しっかりと抱えられ、扉に押しつけられる少女に逃げ場はない。去来する感覚に震える少女を見ながら、男は彼女の血で喉を潤した。片方の手は、まだしっかりと手を握ったまま。

ふるふると震える少女を見て、男はドレスを押し上げる豊かな胸元に手を近づけ——触れることはなく、少女の体を囲うように壁に戻す。

押し上げるだけ熱を押し上げて、男は口を離した。牙をゆっくりと抜いたところで、上気した少女の頬に、瞬きで涙が零れた。

「マリー、……大丈夫？」

ウィリアムが苦しい息を吐くマリーに後ろから声を掛ける。

「はい」

十日に一度の食事を無事終えて、彼女はほっと息を吐いた。

「……でも、別に血をもらうのは今日でなくても」

「いえ！　継続的に飲むのが大事なので」

複雑そうな顔をするウィリアムに、マリーが息せき切って話す。

「そ、そう？」

それに気圧されつつ、ウィリアムは血を吸われて少し足下がふらつく養い子の手をとった。そして、廊下の端に目をやる。そこには、こんもりとお祝いの品が置かれてあった。

食事のためにそこに避難させたぬいぐるみや装飾具、お菓子類である。

「マリーは人気者だね」

先程起きたばかりで出遅れたウィリアムは、それらを腕に抱えながら溜息《ためいき》をついた。

「誕生日おめでとう。みんなに先を越されたけど、僕からはこれを」

「い、いいです。いつも色々していただいているのに、これ以上……」

「大したものじゃないよ」

遠慮する少女の手のひらに、男は胸ポケットから出したものをちょこんと乗せる。

リボンがつけられたとても軽い包み。開くと、中には、クッキーが二枚入っていた。

形は歪《いびつ》でアイシングものたくっているが、赤い髪の女の子と金の髪の男の子のようだ。

「ものだとマリーが困るから、作り方を聞いて初めてつくったんだけど、どうかな」

「食べるのが、勿体《もったい》ないです……！　か、飾らないと」

震えながら言う少女に吸血鬼が首を振る。

「腐らないうちに食べるんだよ？」

生まれてすぐに捨てられたマリーは本当の誕生日はわからない。だから、毎年この城に来た日にお祝い事をしていた。

「十六歳の誕生日おめでとう」

「はい、ありがとうございます」

よく笑うようになったマリーをウィリアムが見る。

咲きかけの蕾《つぼみ》。そう呼ぶに相応しい少女。

三年ほどの月日が経過する間に、孤児院にいた頃の痩せた面影は薄れ、今はただただ美しくしなやかで瑞々《みずみず》しい身体をしている。体に纏《まと》うのは、足下まである黒いドレスで、その胸元を押し上げるのは、二つの膨らみ。

マリーの頬は先程の行為で紅潮したままだ。

頬に口づけると、少女はさらに顔を真っ赤にした。

「……今度は一緒に作ろう」

達する直前の体がつらいことは分かっているのに、ウィリアムは気づかない振りをする。

火照る体はあとほんの少しで彼女を恍惚《こうこつ》と快楽の虜にするところまできていた。けれどまだ一度も、ウィリアムはマリーを頂まで導いたことはない。

ふわっと甘い匂いが風に乗ってきた。

いつもの温室では、パティシエが一生懸命お菓子を用意しているだろう。

「さ、じゃあパーティを始めようか」

止める間もなくプレゼントの山を抱えたウィリアムが手を差し出す。マリーはそれにそっと自分の手を重ねた。

そうして、温室に着くと。

「まだ準備中だって言ってるでしょうが！」

絞り袋を持って仕上げしているパティシエが、目をつり上げて叫んだ。

わずかに開けた扉の隙間から、温室中に飾られたバルーンやリボン、花が垣間見える。メイドや使用人はてきぱきとさらに飾り付けを増やしている最中で、お茶会の机の上には一抱えほどもあるケーキやプディングが置かれていた。

「閉めて！　はい閉めて！」

「失礼しま～す、少々お待ちくださぁい」

ぱたん。メイドが扉をとじて、主賓と主人は追い出された。

「怒られちゃいましたね」

「あの状態の彼には逆らわないほうがいい」

パティシエとも長い付き合いの吸血鬼は、真面目な顔で頷《うなず》いた。

最後の一針を終えてハサミで糸を切る。

木枠を外して、出来上がった刺繍《ししゅう》を陽にかざして微笑むと、少女はそれを丁寧に折りたたんだ。

先日の誕生日で城の皆からもらった、細かい細工のついた刺繍箱をしまう。時刻を確認して、マリーは静かな廊下に出た。

まだ皆の起きる時間ではないので、誰の気配もない。リンも外を見回っている時間だ。

マリーが城にきて、あっという間に月日は流れた。ウィリアムとお茶会をしながら、色々なことを学びながら。

小さな出入り用の玄関から、外に出た。丁寧に手入れされた庭に回って、咲いている花をハサミで切ろうとしたところで森から悲鳴が聞こえて、少女は顔をあげた。

「おい、こんなんがいるなんて聞いてねぇぞ!?」

「お、俺もしらねぇよ」

一人の男の戸惑う声が森に響く。猟銃を担いだ男たちは、走り疲れた足を引きずって藪《やぶ》を振り返った。

ぐるるる、と金色の眼が光る。鼻面にしわを寄せ威嚇の声をあげながら姿を現したのは、数匹の狼《おおかみ》。牙をむき出しにする様子を見て、男達は青ざめた。

「……」

その様子を、マリーは木の陰から見つめていた。

城から走ってきたので、呼吸は乱れている。長い髪も黒いドレスの裾ももどかしいが、少女はなんとか呼吸を落ち着かせようと胸に手をあてた。

（なんでこんなところに人間が……）

城の周りにはウィリアムが呪《まじな》いをかけている。

敷地の中には普通の人は入れないようになっていて、マリーが城の外に出るのもその範囲に限っていた。その中で彼女が道を失わないのは、ひとえにウィリアムから与えられている金の鍵のおかげだ。

けれど、たまに勘のいい人間はいて、このように城のすぐ近くまで来てしまうことがあった。

（猟師みたいな格好をしてるけど……）

吸血鬼を殺す狩人かもしれない。でも、もし本当に迷い込んだだけの猟師だったら――。

まだ太陽は高く、見回りのリンの姿も近くにない。

狼は互いに距離を保ちながら、一歩ずつ確実に男達に近づいてきた。目を爛々《らんらん》と輝かせ四《よ》つん這《ば》いの姿勢を低くする。

仲違いをする男達に襲いかかろうと、狼が一層前足に力を込めたところで。

「待って！」

マリーはついに声を上げた。

途端に狼たちが耳を立てる。顔見知りの獣たちは、警戒を解いて少女の周りに駆けてきた。足下に絡んで従順に尻尾を振るふわふわの毛を撫《な》でて、マリーは呆然《ぼうぜん》とこちらを見つめる、森の侵入者に向き合った。

「……猟師の方ですか？」

問いかけられても、男達は警戒する顔のまま答えない。

こんな深い森で、ドレスを着て狼と仲良くする娘がいたらまぁそうなるだろう。

「ここはいいから、帰って」

クウンと甘く鳴いた狼にもう一度促すと、彼らは身を翻して森の奥に消えていった。それを見送って、男達に向き直る。

「そちらへまっすぐ行けば、尾根まで出られますので」

一時の方角を指す。マリーはそれだけ言うと、頭を下げて踵《きびす》を返した。

「待った！」

去ろうとする気配に慌てて追いついた男が、少女の腕を摑《つか》む。怖い目に遭っていたし、そのまま帰るだろうと思っていたマリーが驚いた顔で振り返ると、頬に傷のある男が言った。

「お嬢ちゃん、この辺りに詳しいようだ。せめて視界が開けるところまで案内してもらえんだろうか」

城から離れすぎるとウィリアムに叱られる。マリーは首を振った。

「では、お宅で少し休ませてもらえませんか。もう足が限界で」

「……申し訳ありませんが、それも」

「なにも招いてもらおうなんて思ってねぇよ」

食い下がる二人に困って、マリーはもう一度首を振る。

「馬小屋でも、腰を落ち着けるところがあればいいって言ってるんだ！」

「……あの」

マリーは言葉に詰まった。

威圧的な彼らの言葉は容易く、孤児院時代の記憶をよみがえらせる。近寄るべきではなかったかもしれない。けれど、狼に襲われるのを見過ごすこともできなかった。

こうなればできることは一つ。マリーは腕を振り払って、駆け出した。

「待て！」

逃げようとする気配を察知し、頬に傷のある男は素早く抜いたナイフを少女に向かって投げた。

「っ」

「動くな」

刃は彼女の頬を掠《かす》って後ろの木に突き刺さる。息を飲むマリーに、男は凄んだ。

「答えろ、吸血鬼の城はどこだ」

頬から流れる血もそのままに、マリーは男達を見た。

「……狩人の方でしたか」

「ああ、痛い目見たくなきゃ、案内してもらおうか」

「ここにいる吸血鬼たちは人の血は吸いません。どうぞお引き取りください」

「んなもん知るかよ。奴らはいるだけで害悪だ」

「そんなことは」

「喧《やかま》しい！　吸血鬼に飼われる人間が！」

大声に、思わず身が竦《すく》む。それに気をよくしたのか、傷の男はさらに喚いた。

「いいように使われてることも知らねぇで！　自分だけは特別とでも思っているのか？」

男のいやらしい視線が、ドレスの上を這う。

「どうせ奴らが飽きたら殺されるだけだぜ。吸血鬼は、そういう生き物だからな。人の命なんてどうでもいいと思ってんだ、下劣で卑怯《ひきょう》な連中さ」

「……」

何も知らない狩人が勝手なことを言う。

マリーは唇を噛んで――――次いで、不敵に口の端を持ち上げた。

「狼に手こずっていて、吸血鬼が討てると？」

「……っうるせえ！」

逆上した傷の男に蹴り飛ばされ、小さく悲鳴をあげて後ろに転がった彼女は、腹部を抱えて縮こまった。

「どうした？　こんなもんか」

蹴った足を下ろした男は、もう一本のナイフを手の中で回し、ゆっくりと近づいて来る。美しいドレスが土にまみれ、枝や石に引っかかり薄いレースが破れる。マリーは赤髪に枯れ葉をまとわりつかせたまま、幹に手をついて起き上がった。

そしてふと、視線を横に逸らした。

「あ？」

昼とは言え、まがりなりにも吸血鬼の住む森。

誰か来たのかと、傷の男がそちらを見やった瞬間に、彼の相棒は叫んだ。

「馬鹿！　前だ！」

「え」

一息に、先程放たれたナイフを幹から抜いたマリーが距離を詰める。

懐に入られ、首元を目掛けて一閃《いっせん》された刃を男はなんとか躱《かわ》した。その目が、ナイフが逆さに握られているのを捉えるが、思わぬ反撃に崩れたバランスはそう簡単に戻らない。

「私は……」

白分はいくら罵られてもいい。

けれど、家族を侮辱するのは許さない。

重心が後ろに落ちるのを見逃さず、少女は男の鳩尾《みぞおち》に、思いっきり自身の肘をめり込ませた。

「ごめんなさい！」

とどめとばかりに、ナイフの柄で男の顎を思いっきり打ち付けた。

「が、ぁ」

肺の空気が抜けるような音と共に、傷の男が後ろに倒れた。悶絶《もんぜつ》して気絶したのをそのままに、震えながら息を吐き、マリーは、次いでもう一人の狩人を見る。

「調子に乗るなよ餓鬼」

視線が絡むと同時に、彼が構えたのは猟銃。

「あ……」

自分に向けられたどこまでも深く暗い穴を見て、今度こそ少女の動きが止まった。その、細い指から力が抜け、ナイフが地面に落ちるのを見て、男は喜色を浮かべた。

「城に案内するか死ぬか、三秒で決めろ。いち、に……、？」

ふと、背後から影が掛かって、男は顔を上げた。

まだ太陽が陰る時間ではない。雲か何かかといぶかしんだところで。

上から、男を覗《のぞ》き込むように化け物が顔を現した。

「ひっ⁉　うわあぁぁあ」

黒い影のようなものが火を噴き出した。

髪の毛が燃えて、男は真っ青になって地面に尻餅をつく。

「リンさん！」

全身泥だらけのマリーが呼びかける。化け物はぎろりと、自分の半分ほどしかない少女を睨《にら》み付けた。

「何をしてるんですかお嬢様‼」

どん、と化け物が男を踏む。

「見てリンさん、私、一人倒したんだよ！」

「お嬢様！」

叱られて、さすがにマリーは首を竦めた。

それを見て化け物は小さな黒猫に戻った。踏まれて気絶した男をそのままに、怒りに毛を逆立てて二本足で立った獣は、少女の足をぽむぽむ叩《たた》く。

「私は……っ身を守るためにお嬢様を鍛えたのであって、決してこんな……！　ああ早く傷の手当てを」

「あの」

マリーは小さな黒猫を前に、地面に膝をついた。

今の戦闘で破れたドレス。しなやかな大腿《ふともも》をほとんど晒《さら》し、腰まで伸びた赤髪に枯れ葉や下草をたくさんつけながら、マリーは困ったように指を組んだ。

「このこと……おじいさまたちには、内緒で」

「報告する義務があるので」

「リンさん～」

「私も怒られるんですからね！」

そんなやりとりをしながら、他にも狩人がいないかを確認して、こっそり城に戻る。

『報告』されないように、黒猫のリンをしっかり腕に抱いて、マリーは着替えのため自室へと向かった。

「狩人を見ても近づかないように言っていたはずですが」

溜息をついてリンが言う。

マリーが狩人を見るのは、実際には数度目だった。今までは、言いつけ通り遠目で見つけてはちゃんと逃げていたのだが。

「境界線より内側にいたから」

「無事だったからよかったものを、一人で立ち向かうなんて」

「……でも……倒した……」

マリーは小さく戦果を主張する。

「倒したの？　凄いね」

「え」

「は？」

気配もなく会話に加わっていた人物を見て、マリーとリンは飛び上がった。

くすくすと笑いながら隣を歩いていたのは、銀色の髪に琥珀《こはく》の目の男。吸血鬼の王だった。

彼はボロボロのドレス姿で頭に葉っぱをつけた少女を見て、にやりと笑った。

「ウィリアムに言ってこーよう！」

「待っ」

いたずらを思いついた子どもの顔で、アデルバードが霧になって姿を消す。

神出鬼没な男の言動に一気に青ざめたマリーは、リンを抱いたまま慌てて温室に向かって走る。足下に絡む、破れたドレスももどかしく、扉を開けたところで。

『おはようございます。……お嬢様？』

「ハイムズさ……っ今、その」

誰よりも早く起きて作業している執事が、怪訝《けげん》な顔でマリーを見る。

温室にはまだウィリアムは姿を現していない。アデルバードを止めないといけないのと、ハイムズに彼の来訪を告げなければいけないことに一瞬混乱する。執事は目を細めて、赤い髪に付いた葉っぱをとった。

「その格好は？」

問われて、マリーははっと後ずさった。

「いえ、その、なんでも」

「リン」

「……はい」

覚悟を決めた顔でリンが上司に答える前に、どどど、と走る音が近づいてきて。

大きな音を立てて扉が開いた。

「マリー！！！！」

ウィリアムの怒鳴り声に、マリーは背筋を伸ばした。

寝起きの格好のままの男は、ハイムズの前に居る少女を見て、わなわなと震えながら左だけ見える眉をつり上げる。

「なんって無茶をしてるんだ！」

彼は怒ったまま、マリーとの距離を詰める。

「か、狩人がいたので、つい……」

「つい⁉」

「さすがマリー」

アデルバードが顔を出す。きっちりと告げ口してくれた王に、マリーは逆恨みの目を向けた。しかし、可愛く上目遣いをする少女の視線を、男は肩を竦めて流す。

「言いつけを守らない悪い子は誰だ」

「で、でも、一人は倒したんです！」

マリーはウィリアムを見た。

「私もおじいさまたちと一緒に狩人と戦えて……っ」

「一人は、ということは相手は複数で？」

敏いハイムズに揚げ足をとられて、マリーは口をつぐんだ。

「一人は倒して、他は？」

先程よりも一層冷ややかになった祖父の追及に、マリーは視線を逸らしたまま後退し、さっと逃げ出した。

「こら待て‼」

それをウィリアムが走って追いかける。

もちろんあっさり捕まって、抱え上げられた少女は温室の椅子に座らされた。

「まぁ元気そうでなによりだ」

微笑ましいものを見るような様子で、王は椅子に座って腕を組んだ。

逃げられないように少女の手を捕まえたまま、ウィリアムはアデルバードを見た。

「というかお前、そもそも人の寝室に入ってくるな」

「君がベッドなんていう面白いもので寝ているからだろう。さすがに棺桶《かんおけ》なら入らないよ」

「お前と棺桶で一緒なんてぞっとする」

ウィリアムはアデルバードを、しっしと手で振り払う。

「アデルバード様、訪問は事前にご連絡をお願いします」

救急箱を持って言う執事に、アデルバードはぽんと手を打った。

「そうだ、今日はこれを渡しに来たんだった」

言って、彼は封書を取り出した。

「招待状？」

ベルベロッサ特製の治療薬を手にとって、ウィリアムが胡散臭《うさんくさ》げにそれを見た。

軟膏《なんこう》をとった指が、ナイフで傷つけられた少女の滑らかな頬を撫でる。

「会合のね。狩人の脅威も刻一刻と迫ってきている訳だし、皆で一度情報共有し合おうってことになったんだ」

「どうぞご勝手に。怪我をしたのはここだけ？」

ウィリアムはマリーから視線を外さない。

「……はい」

長い睫《まつげ》を伏せて小さく頷く少女の体を検分し、男は他に怪我がないか確かめた。

「腕とか体は？」

「平気です、これくらい」

「マリーも一緒にどうぞ」

甲斐甲斐《かいがい》しいウィリアムを見ながら、アデルバードが言う。

「私も、ですか？」

「ウィリアムが子どもを育てているって、吸血鬼仲間で噂《うわさ》になってるんだよ」

ケーキをぱくつきながら、王が答える。

「狩人も倒す可憐《かれん》な乙女。社交デビューの話題にもぴったりだ」

「いえ、私は」

マリーは初めて会ったときから見た目が変わらない皆を見て、自分の手に視線を落とした。

ウィリアムが望むときに血を差し出す。それが偽物であるマリーとウィリアムのつながりだ。

しかし祖父はマリーが吸血鬼に成ることに未だ賛同しかねているようだ。大人になってから、が決まり文句で結局答えはまだもらっていない。

昔よりも大きくなった掌。けれど成長したのは体ばかりで、心は置いてきぼりのまま。

早く大人になって、吸血鬼になりたい。けれどウィリアムがいなくなってしまうなら、大人になんてなりたくない。

ウィリアムに、マリーが本物の孫ではないことを早く打ち明けるべきだ。けれど、その結果起きることがどうしようもなく怖くて、口は重く閉じる。

結局、マリーは弱い孤児の頃から変わっていない。何者にもなれない自分に嫌気だけが増す。

「マリーを出す気は、っぐは」

「ウィル、来たわよー！」

そこにベルベロッサが乱入した。

ウィリアムに後ろから思い切り抱きついて、いるだけで空気を華やがせる美しい魔女は、今日は豊満な胸をさらけ出すような白いドレスを着て、栗色《くりいろ》の髪を縦に巻いている。

彼女はマリーを見て、すぐにウィリアムを押しのけた。

「まぁまぁマリー、どうしたのその格好！！？？」

「……狩人を撃退したんだよ」

「まぁあああ凄いわマリー！」

疲れたように椅子に座ったウィリアムの言葉に、驚愕《きょうがく》の表情になったベルベロッサは土まみれの少女を抱きしめた。

次いでふと表情を曇らせると、身を屈めて少女の頬を手で包んだ。

「でも駄目よあんな野蛮なやつらに近づいちゃ‼　それに折角の日なのにこんなに怪我し

て」

ベルベロッサの谷間には、机に置いてあるものと同じ仕様の封書が挟んであった。

アデルバードがしたり顔で頷く。

「大魔女ベルベロッサも特別に招待させてもらったよ」

「吸血鬼の夜会ね。みんなで手塩に掛けてこんなに愛らしく育てたんですもの、全員が振り向くこと間違いなしよ」

「そうそう、皆一目でめろめろだ」

「マリー、ドレスは何色にしましょうか？　折角だから目の色と合わせて」

「だから、行かせるとは言ってないだろう！」

ウィリアムが、耐え兼ねた様子で机を拳で叩いた。衝撃で木片が飛ぶ。その剣幕に、マリーは怯えたように息を飲んだ。

ぴたりと会話を止めたアデルバードとベルベロッサは、お互いに顔を見合わせた。

「ベルベロッサ」

「アデルバード様」

「いけそうかい」

「ええ」

短く会話した二人は頷いた。

「マリー、ちょっと狭いけど我慢してね」

魔女が少女に口づける。

「！」

その途端にマリーの視界が縮んだ。何か硬い地面に尻餅をついて見上げると、いつの間にか四方がガラスで覆われていた小部屋にいた。驚いているとゆっくりと持ち上げられて、大きなベルベロッサの瞳が覗き込む。

「え、……」

魔女の持っていた小瓶の中に入ってしまったらしい。

透明なクリスタルの瓶の中は眩《まぶ》しいが、蓋は開いていて息苦しくはない。壁に手を当てておろおろしていると、ベルベロッサの胸の間におさめられて、視界が真っ暗になった。

「じゃあウィル、また後でね」

ベルベロッサは箒《ほうき》で温室から飛び出した。

「なっ……！」

慌てて立ち上がったウィリアムの前に悠然と立ち塞がったのは、アデルバードだ。

「ふっ、マリーを追いたくば私を倒していくんだな」

「――――わかった」

「あ、ちょ、ウィリアムそういう本気はちょっと」

瞳を紅く光らせて、無造作に右手を持ち上げた古代種吸血鬼に、王は慌てて手と首を振る。

「旦那様、城を壊さないで下さい」

それを押しとどめたのはハイムズだ。

「何言ってるんだ、マリーが……‼」

「ベルベロッサ様はお嬢様に危害を加えません」

ハイムズの言葉に、わずかにウィリアムが緊張を解く。

その隙にとハイムズは近くのメイドを呼んだ。いくつか小声で指示をして、主人に向き直った。

「私が追います。旦那様はアデルバード様を穏便に振り切ってきてください」

「乙女のお召し替えだよ？　着飾るのを大人しく待つのが紳士の作法じゃないのかね。でもただ着替えるだけじゃ楽しくない。マリーを返して欲しくば……」

一層楽しそうにしているアデルバードが、にやにやと笑いながら自分の顎を撫でる。

どこまでも状況を思い通りにしようとする王に、目を細めたハイムズは、さらにもう一人メイドを呼んだ。

「会場で捕まえましょう。旦那様も出掛ける準備を」

「そう、ウィリアムも舞踏会に来れば良いんだ！　さすがハイムズ君！」

しかし褒められた本人は、冷たい視線を王に向けた。

「このようなことは、今回限りに」

そう言って床にいる黒猫を摑んだハイムズは霧になって姿を消した。

ひゅう、と口笛を吹いてアデルバードは目の上に手で庇《ひさし》をつくって、温室の上に開いている窓を仰いだ。

夜の気配は深い。そこからは、半分より欠けた月が顔を覗かせていた。

「してやられたよアデルバード」

金髪の美しい男は苦々しく息を吐いた。

「……なぁウィリアム、折角あんなに可愛い孫ができたんだ。別に急いで死ぬ必要もないだろう？」

王の言葉に、ウィリアムは無言で椅子に座り直した。

昔ほどの体力はすでにないのが見てわかる。十数年、ほとんど植物の精のみ吸って生きてきたツケだ。ここ最近はマリーの血だけ、ごくわずかに摂取しているにすぎない。

ウィリアムはメイドにすぐ準備するように指示を出す。

相変わらず取り付く島もない昔馴染みに、アデルバードは淋《さび》しそうに苦笑した。

ベルベロッサの城に連れてこられたマリーは、瓶から出されて逃げる隙も無く風呂に入れられた。

箒に乗っての星空飛行、しかも谷間に挟まれた瓶の中で酔ってしまった。吸血鬼と暮らして三年ほどとはいえ、まだまだ知らない事の方が多いらしい。青い顔のまま手当てをされて、赤い髪を丁寧に梳《す》かれた。

ベルベロッサの居城は豪奢な装飾で飾られているが全体的にこぢんまりとした印象の手入れの行き届いたところ。たくさんの薬草やヤモリの燻製《くんせい》や宝石、本がいたるところに置かれている。

「もう、折角色々用意してたのに」

煌《きら》びやかなドレスを前にベルベロッサが悩ましげに唇に手を当てる。コルセットも数種類置かれていたが、マリーの怪我のため断念せざるを得なくなった。

あまり装飾の多いものは苦手な少女は、そのことにこっそり、よかったと息を吐いた。

ベルベロッサの見立てにより、白い絹のエンパイアスタイルのドレスが選ばれた。胸元と首が広くあいて、胸の直ぐ下に切り返しがあり、足下までストンとおちる柔らかいスカートのもの。縁には細かな刺繍もついている。

そして、白地から少女の瞳と同じ緑地になるように段々に染められ、金糸をあしらったショールを肩に掛けた。

人に化けた、烏《からす》や猫の使い魔とリンが、赤髪を丁寧に結い上げ、花環を絡ませる。数人がかりで、てきぱきと少女に化粧を施していった。

前から後ろから、仕上げられていく様を満足げに見たベルベロッサは長い煙管を手に取って、甘い煙を吐き出した。彼女は部屋の隅にいるハイムズを見る。

「エスコート役はハイムズよろしくね」

「承知しました」

「私も着替えてくるわ」

甘い匂いで部屋を満たしながら、ベルベロッサはいそいそと部屋をあとにした。

「いつもありがとうございます、ハイムズさん」

「いえ」

「……ところで、夜会って何をするんですか？」

着々と進められていく準備に、青ざめているマリーが聞く。礼儀作法は一通り習っているが、そのような場所は初めてだ。

「いつもと代わりないですよ。ダンスをして、おしゃべりする場です」

頼もしい執事の言葉に、マリーはぎこちなく頷いた。


声のざわめきに、甘い花の匂い。

ギリギリまで落とされた暗い照明の中、楽団の美しい旋律が聞こえてくる。

高い天井からはタペストリーが掛け下ろされ、壁には大きな絵画が並び、その壁を彩るように花が生けられている。

男の人は男の人、女の人は女の人で集まって談笑中だ。いくつもの大きな柱に囲まれた大広間には、色とりどりのドレスが咲いていて、婦人たちが持つ扇がひらひらと蝶《ちょう》のように舞っていた。

ハイムズと共に建物に入った途端に、マリーの視界に押し寄せてきたのはそんな空間だった。

微笑む婦人達、ソファで煙草を吹かす紳士、給仕役、その全員が見目麗しい。

ハイムズの腕に手を置き、エスコートされながら、マリーはきょろきょろと周りを見回した。

「さすが吸血鬼王の夜会、豪華ねぇ」

ベルベロッサをエスコートしているのは、十二番目の夫だ。岩のような顔をした、しかめっ面の髭《ひげ》の生えた男。決闘によって前の夫から最愛の女性を勝ち取ったという彼は、誇らしげに彼女に寄り添っていた。

夜会はとても華やかで、マリーは全てが未知の体験だ。密やかな、扇に隠された声がさやかに響く。

吸血鬼達の舞踏会。美しい顔を夜に晒す招待客は、広い会場で思い思いに過ごしていた。その間を、たくさんの赤い飲み物を持っている給仕が動き回っている。ワインよりやけに粘着性のある……。

「あれ、血ですか?」

「血ですね」

小声で聞くと、何事もないように執事が答える。

吸血鬼の血だろうか。もし人間のものとしたら……この見える範囲すべての赤い飲み物の供給者は一体どんな状態か。

「ここで人間とばれたらどうなりますか？」

「命はありません」

「……」

こちらもとても簡潔な言葉が返ってきた。

「ハイムズさん！　今すぐ私を吸血鬼に」

「落ち着いて下さい」

慣れない場所と緊張にパニックを起こしかけている少女をハイムズがとどめる。

そのまま庭を進むと、一際、吸血鬼達が集まっている場所があった。

「お久しいですわ」

「今日はどうなさったの？」

特に女性が多い。

その中心にいたのは、吸血鬼たちの中にあってなお、完璧な美貌の男。相変わらず作り物のように完璧で、完璧であるがゆえにどこか現実感のない人だ。

そこで、すっとハイムズはマリーの手を外した。

「気にすることはありません。お嬢様は血を吸われる代わりに、旦那様から体液をもらっているでしょう」

ずっと不機嫌そうに座っていた男の目がマリーに向いた。

マントを羽織り、胸元に白いスカーフを垂らした黒いタキシード姿のウィリアムが、片側だけ見える目を見張る。

視線を追って、吸血鬼達の顔が少女の方を向いた。

「旦那様の庇護《ひご》下《か》にある者に手を出す、命知らずは少ないです」

「マリー！」

安堵《あんど》が見える、嬉《うれ》しそうな声で近づいてくる祖父。

ハイムズと、三人が並ぶと、ざわりと周囲の空気が揺れた。

「ウィリアム様と、お知り合い？」

「やはりお寂しくなったのかしら、……オフィーリア様と……」

ひそひそと噂する声が、耳に入ってくる。

話は聞き及んでいるのだろう。大きいどよめきが起こる。同時に、今まで歓談していた者も、こちらに注意を向け始めた。

「……半吸血鬼の……」

それを一瞥《いちべつ》したウィリアムは、マリーを守るように身を寄せた。

不躾《ぶしつけ》な視線が突き刺さる。マリーは思わず視線を彷徨《さまよ》わせたが、ウィリアムは意に介していないらしく、身を屈めて着飾った少女の顔を覗き込んだ。装いをじろりと睨む。

「………まったく、そんな、胸元を大きく開けたドレスなんて着て……風邪でも引いたらどうするんだ」

　しかめ面をしたウィリアムが、マリーの腕にある長いショールを、マフラーのようにくるくると首に巻いた。

「だ、大丈夫です」

　その手を押しとどめて、ショールを肩にかけなおす。いつまでも子ども扱いされてばかりではいられない。ここにいるのは、〝ウィリアムの孫〟なのだから。

　そう気合いをいれ直した少女の、きめ細かい肌が夜風と吸血鬼たちの日に晒されるのを見て、男はさらに顔をしかめた。

「早速盛り上がっているみたいだな」

　その様子を見ていたのか、現れたアデルバードは苦笑しつつ片手を上げる。

　数人の吸血鬼を従えた王は、中庭でのざわめきの中心であるウィリアムとマリーを見て笑った。

「ようこそ！　来てくれて嬉しいよ」

「僕は来たくなかったけど」

「まぁまぁそう言わずに」

　道を空け、頭を垂れる吸血鬼達の間を通ってたどり着いた彼に、マリーも礼をする。姿勢を戻すと腕を差し出された。

「さて、会合の場所まで案内しよう。もちろん保護者殿も一緒に」

火の入った暖炉の前の、座り心地の良いソファを勧められ腰を下ろす。ハイムズは座らず、王の側近や他の従者たちと共に壁際に立った。

そこはメインの建物とは別の、小さな館の中の一室だ。四方に絵画や鏡――吸血鬼はうつらないが――や、豪奢な花が飾られていた。

「マリーのお披露目は、うまくいったかな」

移動してきたのはウィリアムとマリーとハイムズ。ベルベロッサは堅苦しい話は苦手だと、マリーを見る吸血鬼達を満足げに眺めて、ダンスホールにいってしまった。

今頃どんな噂話をしているだろうと、アデルバードは嬉しそうに笑う。

「さすがは吸血鬼の王。僕の孫を利用するだけ利用するつもりのようだ」

「そう言うな。ここぞと言うときを見逃さないのが、権力ある者の本能だ」

相変わらずウィリアムの怒りをのらりくらりと男は躱す。

大きな部屋のあちこちに、ゆったりと座っている吸血鬼たち。思い思いに飲み物を口にしつつ、話をしている。庭ほど不躾ではないが、視線は感じる。

足を組んだアデルバードは、煙草をくゆらせた。

「例のものを」

近くにいる者に彼が合図をして持ってこさせたのは、一丁の猟銃と中から抜かれた銀の弾丸だ。白銀の流線型が灯りに照らされる。

「ヒトの進化の速度はどうなっているんだ。銀の武器を銃に加工して、鉄の塊を蒸気で走らせるんだから……ほら、危機感が増すだろ」

「あぁこれか。うちのところに来た奴も持ってたらしいね」

ウィリアムの綺麗《きれい》な指が弾を摘み上げた。

「こうして無効化すればいいじゃないか」

軽く宙にはじく。くるくると回るそれの内側から小花や蔓《つる》がわき出して、ウィリアムの手に落ちてきたときには弾丸はこんもりと植物に覆われてしまっていた。

「古代種吸血鬼と一般の吸血鬼を一緒にするな」

アデルバードが渋い顔で言う。

その間、かちゃりと金属同士が触れあう不快音を、マリーは目を瞑《つぶ》ってやり過ごした。

不死の吸血鬼でも特定の方法では命を落とす。最たる例は、胸に杭《くい》を打たれることと、銀の武器でつらぬかれること。目の前にあるのは、明確に相手を殺すための道具。

「じゃあ君は吸血鬼になったマリーが銀の火で傷つけられてもいいというのか！」

「そういう冗談は聞きたくないな」

猟銃を検分していたウィリアムが、なめらかな動作でアデルバードにそれを向ける。

「失敬。君も、銃口を向けるのをやめてくれないか」

弾は入っているのかいないのか、側近が飛び出そうとするのを王自身が手を振ってとめた。

「敵に阿《おもね》る、裏切り者の吸血鬼がいるという噂もある。この上、白熱灯などという新しい力を手に入れつつある人間相手に、我々はいつまで城に引きこもったままでいるんだい？　今必要なのは、新しい風だ」

「何の話だ」

「私とマリーの結婚の話だよ」

会場が一瞬静まりかえる。場に居る全員の目が自分に向いていることを確認して、アデルバードは高らかに宣言する。

「『ウィリアム』の血縁で、陽を恐れることのない十六の乙女――これ以上相応しい相手を私は知らないね」

「人間の血が混じっているんですよ!?」

「だからこそだよ。吸血鬼にも新しい血が必要だ」

アデルバードはにっこりと臣下たちに微笑んだ。

王の口上はさらに勢いづいて、マリーは一気に好奇の目に晒される。物言わぬ、しかし何らかの意図を含んだ視線が、あちこちから突き刺さった。

「マリー。ウィリアムの城に近づく侵入者を撃退した君だ」

アデルバードは思いも掛けない展開に震える少女の手を取った。

「私と共に狩人たちを討ち滅ぼそうじゃないか」

「……」

咄嗟《とっさ》に、マリーは何も言葉が出なかった。だが、王がウィリアムの意向を無視して、ここまでマリーを連れ出させたのは、この返答をさせるためだろうとわかる。

「……まぁなんてこと」

「なぜ……」

どよめきとも悲鳴ともいえない声が入り交じり、隣の者同士で囁《ささや》き合う声がする。

……撃退したなんて、そんな良いものではない。

少女は視線を下げる。リンが来てくれなければ、どうなっていたか。

そしてもしもっと彼女に力があれば、狩人二人のことも、大事にならずに済んだのに。

人間は怖い。それが吸血鬼の庇護を受けるマリーの純粋な気持ちだ。それでも、自分は人間でしかない矛盾。そしてここは、いつかは、ミラベルに返す場所。

マリーは口を開いた。

「……吸血鬼の王が」

引き取られてから、いくつもの季節が過ぎた。その中でたくさんのことを学んできた。

「望むなら」

怯えていてはいけない。自分はそのために育てられたのだから。ウィリアムのために彼女が返せる言葉は決まっている。

「私に出来ることなら、何なりと」

「決断してくれて嬉しいよ、マリー」

手を握ったまま王が言う。

その時、すっと、マリーの隣の人物が席を立った。

ウィリアムは冷ややかな目で二人を見て、未だ混乱する部屋を出ていった。

「失礼」

「あ……」

アデルバードに頭を下げて、マリーは急いでその後を追った。


「おじいさま、っ」

廊下には誰の姿もない。マリーは青ざめながら、建物の中を駆けた。霧になってどこかへ行ってしまったのなら、人間のマリーに追いかける手段はない。

どうしよう、どうしたら。

王に返事をしてすぐ辞したことも、失礼にならなかっただろうか。吸血鬼の集まりは明日の夜も行われるということは聞いているが。

窓から庭も探すが、照明が暗くて人の目には顔の判断ができない。

「……私、……ちゃんとできましたか？」

走りながらマリーが小声で呟《つぶや》く。

自分なりに考えたつもりだが、やはり浅はかだっただろうか。

いつものように答えてくれる声はなく、それが不安に拍車をかける。

間違えてはいけない場面だったのに。少女はぎゅっと目をつむった。どうして自分はこんなに失敗をしてしまうのだろう。

「あ、っ」

走り回った所為か、ヒールが折れた。

蹴躓《けつまず》いて、廊下に倒れながら足下を見れば、慣れない靴で踵からは血が滲《にじ》んでいた。そのまま、整わない息でヒールの先を探す。そこで、すっと誰かが手を差し出した。

「……大丈夫？」

ウィリアムだ。

手を取ることを躊躇《ちゅうちょ》すると、それを見て男は少女の体を起こした。

そのまますると腕が回される。え、と思う間もなく横にある扉を開いて、少女を抱えたまま男が中に入った。

「おじいさま？」

ウィリアムが、部屋の鍵をかけた。

思ったより大きな錠をおろす音に、マリーは腕の中でびくりと体を震わせた。

「こんなになるまで……一生懸命僕を探して」

ウィリアムの手が、走り回ったせいで汗の伝う頬と乱れた髪を撫でる。ひやりとした手が触れるまま動かずにいると、留め飾りを取られ、結い上げてあった少女の赤髪が解けて、花が肩や足下に零れた。

「あ、の、私」

柔らかく膨らんだ胸元にのった花弁を、少女を拘束したままウィリアムが口で摘む。肌に触れる、薄い唇。マリーは背中を扉に押しつけられながら、走って乱れた息でウィリアムを見た。

邪魔な花を取り払った男は、顔の片側を隠している髪をかき上げた。

「！」

マリーが息をのむ。男の目には、紅い光が灯っていた。

――怒っている。

「や、」

ベッドに手を引かれて、その上に投げ出される。驚いて少女が身を起こそうとすると、先に男が上に覆い被さった。

「……マリーを引き取ったのは失敗だったな」

「え？」

「ドレスがとても似合っていたよ。庭にいた連中が、物欲しそうに君を見てたのは分かってる？」

「……そんなことは」

「困ったな、なんでマリーはそんなに自信がないんだろう。こんなに可愛くて」

指の先が、ドレスに着替えても外されることのなかった、ウィリアムからの贈り物のチョーカーにかかる。血を吸われる前の動作だと気づいてマリーは組み敷かれたままわずかに身を固くした。

「美味しいのに」

その無意識の動作に喉を鳴らしたウィリアムは、ベッドに手をついたまま少し身体を浮かせた。

「後ろを向いて？」

言われてマリーは肩を震わせた。

けれど、顔の左右にあるウィリアムの腕を見て、ゆっくりとわずかな隙間で反転する。手を胸の前で縮こまらせ、吸血に備えるマリーの髪を彼はそっとかき上げた。

まだ髪の合間に残っていた花がベッドに滑り落ちる。チョーカーを解いて、ウィリアムはこちらに背を向ける少女の首筋に顔を近づけて。

鋭い牙を、その震える白い肌に潜り込ませた。

「っん」

マリーは息を飲んで華奢な体を反らせる。

彼はいつもよりも一層深く牙を突き刺した。

「や、……っあ」

咄嗟にベッドの上を逃げようとする体を抱え込まれた。

無防備に背中を向けるマリーが、それでなくとも吸血鬼に力で敵《かな》うわけもなく。強く血を啜《すす》られて、彼女の乱す息に涙声が混じった。

「っ、ぁ、あ……おじいさま、や、……っ……っ」

シーツを持つ手に力がこもる。マリーは、穿《うが》たれる痛みに堪えるように唇を閉じた。

それでも押さえきれない小さな悲鳴が零れ出る。それが逆にウィリアムを興奮させていることも知らず、マリーは息を詰まらせた。


愛情の全てを注いだ。

大切に、綿菓子でくるむように育てた子ども。

人の子の成長は早い。小さな女の子だと思っていた彼女は、あっという間に可憐な乙女になった。

わずらわしいドレスなど引き裂いて、全部暴いて最奥まで貪りたい欲求。日増しに強くなるそれを、無理やり押し殺してきたのに。

いっそ完全にウィリアムに溺れさせてしまおうかと何度思ったか知れない。どこもかしこも美味しそうな肢体の全てを、ウィリアムなしでは生きられないようにして――一緒に、死ぬのはとても魅力的なことに感じた。

妻の他に、こんなに感情を揺さぶられるなんて、引き取った当時は思ってもみなかった。

小さなさざ波は大きな波紋になって、言動に表れる。選択を迫られる度に不機嫌になって、長い時を生きているというのに自分の気持ちすら分からない。

ただ、訳の分からない焦燥感と、日だまりの温かさが正常な判断を狂わせていると自覚はしていた。それが、安易にアデルバードの手をとったマリーの姿で決定的になる。

こちらの欲も衝動も知らないで。

「……っは」

溢《あふ》れる血で喉を潤して、小さく吐息を零してゆっくりと牙を引き抜く。

シーツを握るマリーはぴくりと身体を震わせた。健気に快楽に耐える体は今日も達することができず、こもった熱は少女の体を苛む。

マリーの体は脆《もろ》い。

自分と違って少しのことでも傷ができるし、ちょっとの衝撃で骨が折れかねない。その上、季節の変わり目では熱が出て寝込むこともあった。

人間の子どもは、ひどく繊細だ。

「折角、……僕から逃げる最後の機会だったのにね」

「わ、たし……は」

マリーが、うつぶせになった己に覆い被さっているウィリアムを振り仰ぐ。

涙のあとが分かる目元と、愛らしい口元。白い肌とおいしそうな体は、どれだけ吸血鬼を我慢させたか、分かっていない。

「……ああ、そうだ」

血の匂いがして、ウィリアムはシーツを握るマリーの手をとった。

素肌を隠す布をとれば、あちこちに狩人と対峙《たいじ》したときにできた擦り傷や切り傷が現れる。腕をとって、ウィリアムはその赤い線を舌でなぞった。

「っ」

ウィリアムの唾液が直接傷口に触れて、息を詰めた少女を身体で押さえる。

「他に、怪我したところは？」

マリーは真っ赤な顔でふるふると首を振った。ドレスで隠された華奢な体を見下ろして、ウィリアムは言う。

「どうせばれるから、今正直に言ったほうがいいよ」

ドレスの上から大きな手が大腿を滑る。体を昂《たか》ぶらせられた彼女は、そのわずかな刺激にも敏感に反応した。

「おじい、さま……あの」

ヒールでできた足の傷も舐《な》められ、マリーは真っ赤になって体を縮こまらせる。

その無防備な様子に苦笑を堪えてウィリアムは優しく少女の眦《まなじり》に唇を落とし、うつぶせている彼女のドレスの中に、手を入れた。

「……っえ」

突然の事に動けないマリーの手をベッドに縫い付け、ウィリアムは花の香りのする髪に

口づける。そして、柔らかい腹部を撫でて、下着の中に侵入した。

「――――あ」

敏感なところに冷たい指が触れる。慎ましい花蕾《からい》をすりあげられて、少女の腰が跳ねた。

「っん、ぅ」

吸血で気怠い体の熱を煽るように、何度も優しく愛撫《あいぶ》した後ゆっくりと、固く閉じられた入り口を探って、指が裡《うち》に潜り込んだ。

「……っや……、っ」

性急に入り口近くを擦られて、マリーが戸惑う声を上げた。

「おじいさま、や、……っ抜いて、くださ」

「痛い？　ごめんね、ちょっと我慢して」

「あ……」

マリーの抵抗を無視して布地に覆われた胸に触れる。下からすくい上げるようにして柔らかいそれを揉《も》みしだき、尖《とが》らせた先を爪で引っ掻《か》いた。

「ひ、ぁ」

「柔らかくて温かい……マリーは本当にどこも可愛いね」

押さえつけられて、マリーが喘ぐ。何度も首筋に口づけながら、指はさらに奥へと潜り込む。誰の侵入も許さなかった狭い入り口と裡は、指一本すらきつい。

「……っお願いです、やめてくだ、さ……！」

彼女は男の腕に手を置いて、必死に首を振る。

「ごめんなさい、ごめんなさいおじいさまっ、……これ、やだ、いやぁ」

「大人しくしてなさい」

「っん、う」

耳元で囁かれる低い声に、マリーが息を乱す。赤く染まったその耳にほとんど触れるほど近くで、ウィリアムは笑みを零す。

「気持ちよさだけ、感じていればいい」

「きも、ち、っん」

触れている箇所は熱を上げるだけあげて、発散させることを許さない。薄いドレスは少しずつはだけ、弱いところを探られて。少女は愛らしく喘《あえ》ぎながら、快楽の涙をこぼした。

「――――っは、ぁ……」

「そのまま」

顔を真っ赤にして、浅い呼吸を繰り返すマリーの美味しそうな首筋にウィリアムが牙を立てた。中で蠢《うごめ》く指は明確な意志を持ちながら。

「あ、あ……っあ」

いつも掴み損ねていた、気持ちよい波の向こう。

熱を燻らせていた素直な体は、一気に押し上げられたそれに耐えきれず、腰が跳ねる。シーツをける足の指が強張ったように丸まって、体が痙攣《けいれん》を繰り返した。

「あ、っ……や、」

初めての絶頂にビクビクと全身を震わせる少女を見て、しかしウィリアムはそのまま血を飲み続け、さらなる享楽へと誘う。

「――――あ……っあ、まだ、っ」

いったばかりで。

そんな言葉すら知らない少女は、悲鳴をあげた。

中を指で探られながら血を吸われる。過ぎた刺激に、少女はウィリアムを押し退けようと夢中で抵抗したが、彼の体はぴくりともしない。

「や、だめ……だめです、いや……ぁ、あああっ」

達したばかりの体が再びはねる。わずかにこぼれてきた蜜を指に絡ませて、ウィリアムはそれを入り口近くでゆっくりと抜き差しし、真っ赤になった耳を嚙んだ。

「気持ちいいかい?」

「……っ、……、ごめんなさ……っもう……許し、っ、ん」

白磁の肌を紅く染め、マリーは際限なく与えられる刺激に喘ぐ。

引き取られてから、幾度も甘い快楽を植え付けられた体はどこまでも従順だった。


「っ、ふ、」

肌を露わにされて、ベッドの上でマリーは身を縮こまらせた。

森の中で狩人に蹴られ、痣《あざ》が出来ているところにウィリアムが舌を這わせる。力の入らない体を、彼にじっくり眺められた。

その間も指は入ったままだ。彼女からするとあり得ない深さまで侵入を許したまま、弱いところや痣のところを舐め上げられて、マリーは口を手の甲で押さえて上がりそうになる声を、押しとどめた。

「……あいつら……」

検分を終えて、ウィリアムが低く唸《うな》る声を遠くに聞く。

彼が体を起こしたので、ようやく終わりかとマリーは瞼《まぶた》を持ち上げた。

「！」

しかし、再び指が動き出してマリーは息を詰まらせた。

ウィリアムは入り口付近を指の腹で撫でながら、震えて息を止めるマリーの頬に口づけた。

「ゆっくり、吸って」

駄目だと知っているのに、ウィリアムの声に従って唇がわずかに開く。良い子、と男は小さく呟いて。

「吐いて……もう一回」

頭を撫でられる。甘い責め苦に怯え、涙をこぼすマリーを見ながら、ウィリアムは呼吸を促す。そして、吐いたところを見計らって、指がさらに奥へ侵入した。

「――――、っや、ぁ」

腹が破れてしまうのではないかと思うほど深くをまさぐられて、少女がわずかに体を起こす。ドレスはもう体にかかるだけで、少女の胸や臍《へそ》、大腿も男の目に晒されていた。

「は、っぁ」

自分の両足の間にウィリアムの手が見えて、改めて起こっていることを認識し、マリーの頬が赤くなる。痛みはすでに薄れて、ウィリアムの指の動きだけが生々しい。

断続的に快さが奥に灯って、その度に足がぴくりと動く。駄目なのに、全てを委ねたくなるはしたない自分を思い知って、マリーは泣きそうに顔を歪ませた。その少女の背中を男が撫でる。

「っ、や、……抜い、てくださ……っ」

「もう少し」

行為に怯えるマリーを、宥めるように頬に口づけながら彼は言う。

いつも通り諭すように言って、さらに指が動き奥のあるところを擦られる。

「っ」

マリーは体を震わせた。痛いだけではない感覚に、涙で潤む目が見開かれる。

背中に手を回していたウィリアムは、その変化を感じ取り唇の端を持ち上げた。

「ここ?」

「え……っあ、あ」

執拗《しつよう》に擦られて、少女の腰が勝手に反応する。体をかき混ぜる、男の指の動きに合わせて呼気がこぼれ落ちた。とろりと何か奥で濡れた感触がして、己の身体の変化にマリーは戸惑う声を上げる。

「あ、……っ何、や、ぁ」

赤い髪をしっとりと汗ばむ身体に纏わり付かせて、マリーが喘ぐ。ようやく甘い声を出した子に、彼は嗤った。

「あぁ、美味しそう」

再び牙が突き立てられた。

外と裡、両方からの刺激に少女の体に快さが駆けのぼる。痛みも違和感も消えて、陶酔だけが押し寄せてくる。

「――――っん、う……あ、あ、あ、――――」

とどめる術もなく達するマリーの口から、飲み込みきれない唾液が滴った。指で奥の律動を楽しみながら、ウィリアムは一層強く血を啜る。そうして、彼は指をもう一本中に潜り込ませた。

「や、……っまだ……」

敏感な最中に増やされた指に、マリーは恐怖の目をウィリアムに向ける。彼女の意志とは裏腹に、蜜でさきほどよりも動きやすくなった裡は、良い所を擦られて勝手に収縮を繰りかえした。

「は、ぁ、つん、……っあぅ、」

もう一本指を増やされる。もう拒絶の言葉も出ないまま、がくがく震える腰と、涙でそのまま溶け落ちてしまいそうな緑の眼を見て。ウィリアムは少女の白い喉に指を滑らせた。

「もう、いいかな」

声が漏れる度に動くそこをしばらくなぞって、彼はゆっくりマリーの中に埋めていた指を抜いた。

「あ……」

目の眩むような快楽の果て。吐息をこぼすマリーを前にウィリアムは服を脱いだ。

引き締まった体軀《たいく》に、滑らかな肌。月明かりに陰影を浮かび上がらせる筋肉は、どこまでもしなやかで美しく、それ故現実味がない。金の髪を後ろにはね除けて、夜に肢体を晒したウィリアムが、覆い被さった。

「マリー」

濡《ぬ》れた入り口に屹立《きつりつ》を押し当てられる。ぐ、と入ってくる指とは違うその感覚に、マリーは息をのんだ。

「……っ、を」

女の子は口を開いた。

「ん?」

「……殺すなら、血を」

「殺す？」

動きを止めて、ウィリアムが呟く。マリーは頷いた。

「もう、いらないなら……、せめて」

吸血鬼が紅い目を細めた。

「なるほど」

「っあ」

明確な意志を持って入ってくる屹立に、マリーは喘いだ。

「い、や……や、やぁ」

抵抗しようにも、慣らされ焦らされた体は喜んで男を受け入れようとする。吸血の時のように体が熱くなって、快楽が少女の思考を蝕《むしば》んだ。

「っ、いや、……いや、ぁ、おじいさま、やだ」

「マリー、大丈夫。これは――吸血鬼になるための行為だから」

「……え、っんぅ」

ゆっくりと侵食する大きな熱に、声の出ない唇をわずかに動かすマリーの眦に、ウィリアムが口づける。

体が裂けてしまいそうな痛みと、快さと恐怖でぐちゃぐちゃになった頭は、うまく働いてくれない。胸を上下させて浅い呼吸を繰り返していたマリーが、抵抗を止めたその隙にウィリアムは楔《くさび》を打ち込んでいった。

「や、っでも、……あう！」

「刀を抜いて」

「っふ」

耳元で囁かれて、どうにか弛緩《しかん》させようとするが詰めた息はそう簡単に思うようにならない。それでもゆっくりと抜き差しを繰り返されれば、徐々に先端が裡に埋められていくのがわかった。

「あ、……」

少し動くだけでも体が軋《きし》む。もうこれ以上入らないと思うのに、ウィリアムは動きを止めてくれなかった。

「……は、……ぁ」

先端さえ潜り込まれてしまえば、柔らかく蠢くそこに、男を阻めるものは何もない。

怯えて震えながら息を吐いたマリーを見て、唇をぺろりと舐め——ウィリアムは彼女の首にかぶりつくと同時に、奥に楔を打ち込んだ。

衝撃に、マリーの目から涙が零れた。

「……あ、……っあぁあ、あ」

今までとは比較にならない恍惚に、組み敷かれた少女は全身を震わせた。破瓜《はか》の傷みは消え去り、代わりに痺《しび》れが全身を覆う。そのまま彼は、最奥に突き立てた。

「あ、ああああ、あ、」

自身の欲望を全て飲み込んだマリーに吸血しながら、律動を開始した。最大限まで高められた感度のまま中を擦られて、マリーは頭が真っ白になった。

「や、ぁ……っ、あ……っ！　やめて、やめてくださ……っおねが、……‼」

心臓が痛いくらいに鼓動を早める。マリーは泣きながら悲鳴をあげた。

逃げようとする足を摑んで、彼は先程見つけた奥のいいところをすりあげる。

華奢な腰は何度も小さく達してびくびくと震え、奥にあるウィリアムのものを締め上げた。

「っは、……マリーの中は、心地良いね」

「っ、ひぅ、……」

怯えを慰めるように、彼がマリーの頭を撫でる。けれど体を貫かれながらの動作は、官能の呼び水にしかならない。弱いところを知られてしまったマリーは、ただ与えられる熱に揺さぶられるしかなく。

「おねが、待……っ、あ、――」

項を味わわされるたび、愛らしく鳴いて緑色の瞳を潤ませるマリーに、ウィリアムは優しく口づけた。

「――出すよ」

どれくらい時間が経ったのか。

受け入れたものの大きさに、ただ翻弄されるだけのマリーは、もう悲鳴をあげる元気もなかった。

頬に手が滑って、マリーは、わずかに身じろぎをして目を開けた。

まだ三日月は空にあって、月明かりが部屋にさし込んでいた。


柔らかいベッドの中でマリーは目覚めた。

（……）

満身創痍《まんしんそうい》の体を、ウィリアムが抱き寄せている。

「おはよう」

「……おはよう、ございます」

気怠げになんとか挨拶を返した。声は擦れている。

「体の具合はどう？」

「……からだ」

わずかに動くだけで腰が痛む。というより体が動かない。何とも言えない顔をしている
マリーの腰をさするウィリアムも自分も服を着ていなかった。

そのことに気づいて、マリーはなんとか慌てて後ろに下がった。腕から逃れる子におや

という顔をして、ウィリアムが体を起こす。彫刻のような体を晒して、用意してあった服をマリーに被せた。

「……私、吸血鬼になったんですか？」

ウィリアムも服を着て、後ろから抱かれた。

「まだだよ」

大きな手がマリーの体の線をなぞる。服の上からでも分かる膨らみを直に撫でて熱を煽りながら、彼が首を噛んだ。

「あ、……っ」

いつもの吸血のはず。なのに、昨日の熱の残滓《ざんし》か快楽はすぐに駆け上がってくる。マリーはとっさにウィリアムの手を握った。

「っ、っん、う」

マリーの体が達したのを確認して、牙が離された。

「……あ、……」

「マリーにはもっと時間をかけるつもりだから、覚悟してね」

いつもよりも艶めいた声で囁かれて、頬を両手で挟まれたマリーはむしろ不安げに彼を見上げた。

「旦那様」

扉が静かに叩かれる。

「今日の夜会はどうされますか」

　ハイムズの問いかけに、ウィリアムは腕の中のマリーを見た。

　体中に痣をつけ、緑の眼を潤ませている、ウィリアムの精気を受け入れたばかりの子を。

「無理！　外に出せない！」

「欠席の連絡をしておきますね」

　それだけ言うと、執事の気配が去った。


　ダンスホールには華やかな音楽が流れて、吸血鬼たちは優雅にステップを踏む。

　楽しげなその様子を椅子に座って眺めながら、アデルバードはものすごく嬉しそうな顔でワインを傾け、目の前にいるハイムズを見る。

「帰る時には最低限顔は出すんだろうな」

「恐らく」

「あーあ、これだけお膳立てしてやったのに、感謝の言葉もなしか」

　不器用な友人への愚痴を口にしたところで。

「……！」

　ざわり、と大きく空気がうねった。

　ざわめきの向こうから現れたのは、一人の女性だった。

　腰まで伸びる艶のある長い髪には花が散らされ、歩くだけで花の香りがこぼれる。妖精のような足取りは、重さを感じさせない。すらりと伸びた足がドレスから覗き、目を伏せるだけで美しさが際立つ。

赤髪に、緑の眼の女。微笑む口元には、吸血鬼の牙がのぞく。

「……オフィーリア？」

「オフィーリア様」

その姿を見て、王とハイムズが同時に呟く。

動けずにいる二人の前で、幾人もの出席者が彼女を取り囲んだ。

「今までどちらに」

「よくご無事で」

音楽隊も演奏を止め、月明かりの夜会は喜びと興奮に覆われた。


「ウィリアム様！」

部屋の扉が叩かれる。王の使いだと言う吸血鬼の言葉に、対応に出たウィリアムは目を見開いた。ローブを羽織ったマリーは、そっとその様子を見ていた。

「……マリー、ごめん、ちょっと出てくる。誰も入れるなよ」

最後の言葉は王の使いに言って。

マリーに口づけてウィリアムが部屋を出る。頭を下げてそれを見送った吸血鬼に、マリーは近づいた。

「何か、あったんですか？」

「オフィーリア様が夜会にご出席を」

「え」

ウィリアムの妻の名を聞いて、マリーは思わず踵を返して窓の外を見る。吸血鬼達がざわめいていて、その合間にちらりと鮮やかな赤い色が見えた。

あの人が。思わず、少女は己の髪を握る。

淑やかに周りと言葉を交わす女性が、ちらりとこちらを見た。わずかな光に照らされたその目は、マリーと同じ新緑色をしている。

心臓が、変な音をたてて軋んだ。

（あれ……は）

その吸血鬼達の人垣を縫ってウィリアムが姿を見せる。オフィーリアが彼に近づいていって――マリーはそこで、カーテンを閉めた。

「！」

振り返ると、思ったよりも近くにアデルバードの使いがいて、マリーは息をのんだ。

魅惑的な笑みを浮かべた男は、紅い目で喉を鳴らして少女に手を伸ばした。

女性がゆっくりとウィリアムを抱きしめる。

「会いたかった……！」

「……フィー……？」

呆然とするウィリアムがその名を口にした。抱き合う古代種二人は、まさしく絵画のよう。突然の帰還に驚いていた吸血鬼たちは、頬を染めてその光景を目に焼き付けていた。

しかし次の瞬間、ぐ、とウィリアムがオフィーリアの肩を摑む。

無理やり自分から引き離し、男は氷よりも冷ややかな視線と声を女性に向けた。

「君は、誰だ」

夜に浮かんでいる月よりも美しい男に問われて、赤髪の女性は目を見開いた。

「おいウィリアム」

アデルバードが眉を顰《しか》めて、ウィリアムの肩を叩く。

「何を言ってるんだ。彼女は――」

いつの間にか、その姿は消えていた。

ほかの吸血鬼たちも、ざわめいて視線をあちこちに投げる。しかし、麗しい赤い髪はどこにもいる気配はなかった。

「ほら、拗ねてどこか行ったぞ。折角戻ってきたっていうのに」

「……」

何か思案する表情のウィリアムに、アデルバードが明るく聞く。

「ところで、ウィリアムの精気を取り込んだ私の婚約者は」

その顔をウィリアムが摑んだ。

「永遠に眠りたいようだな」

「痛い痛いちょ、ウィリアム⁉」

「結局お前の思うとおりになったんだから、これくらい意趣返しをしてもいいだろう」

「本気を感じる痛みだ！　そ、それにしても来るのが早かったな。今呼びに行ったところだったのに」

その言葉にウィリアムが顔を歪ませた。

「今？」

「ああ、ハイムズ君が……おい？」

それ以上何も言わずに、ウィリアムは部屋に取って返す。

何かの趣向かと囁く吸血鬼達を押しのけて部屋に戻ると、ハイムズが応対した。ベッドにはマリーが静かに眠っていた。

「ありがとう、……誰かいたか？」

「いえ。私が来たときにはベッドで眠られていましたが」

ウィリアムは少女をそっと眺める。

愛しい子に変わった様子はないことに、安堵したところで。

「オフィーリア様にはお会いになりましたか？」

「あれは違う」

ウィリアムが断言する。執事が眉を顰めた。

「と申しますと」

「……オフィーリアの姿をした、何かだ」

違和感の正体を掴みかねながら、ウィリアムは小さく呼んだ。

「リン」

「はい！」

土人たちの邪魔をしないようにとハイムズと共に待機していた黒猫に、ウィリアムが言う。

「今からでも、あれを追えるか」

「やってみます」

ふわっと燐火《りんか》を上げて、黒猫が姿を消した。


城への帰路につく馬車の中は無言だった。

座席に腰掛けたウィリアムの膝の上に、マリーは座っていた。馬車の中にいるのは二人だけ。そしてウィリアムはマリーを抱いたまま、外に目をやっている。

月に照らされる湖畔の景色が、わずかに開いたカーテンから垣間見えた。

時折体を撫でる手に、昨日のことを思い出して、マリーはびくっと体を震わせた。

マリーが目覚めてすぐに彼らは夜会を出立してしまった。しばらくして意を決して、マリーは口を開いた。

「オフィーリア様と一緒でなくていいのですか？」

部屋から眺めた光景が目に浮かぶ。

ウィリアムが無言でマリーを見た。

――うん、薔薇《ばら》みたいな女の子。

勘違いをしていた。

初めてあった日に、ウィリアムに言ってもらった、マリーが、彼を好きになるきっかけの言葉。けれど孤児の汚い子どもに、そんな賛辞は似合わない。なぜあれを自分だけの特別だと思ったのだろう。

目と、髪が同じ色だとは聞いていた。だからこそ、本物を見て分かった。

あれは、奥様に手向けた言葉だったのだ。

「マリーは気にしなくて良いよ」

いつもと変わらぬ声に、むしろマリーは目を伏せた。

吸血鬼にしてくれるとウィリアムは言っていた。吸血鬼は約束を違えない。それ故に、ウィリアムは今までずっと返答を渋っていたのだ。

だから、マリーのその願いは叶う。そして、ウィリアムの隣にはあの美しい人が立つ。

これで全部、よかった。

「次は、いつアデルバード様に会えるんですか？」

「…………会いたいの？」

返答する声にわずかに険が混じる。

「挨拶もできなかったので」

「いいよ、僕がしておいたからマリーは気にしないで」

「でも、結婚するのだったら必要だと思うんです」

「……まぁ、うん確かに」

「私なんかで、本当にいいのか分からないですけど」

「何を言ってるの」

ウィリアムがマリーの額に自分のそれを当てた。金の髪と赤い髪が触れあうほど近くにあるまま、ウィリアムが口を開いた。

「僕は君だから選んだんだよ。……だから、そんな風に言わないで」

「……はい」

触れたところからウィリアムの温かい気持ちが伝わってきて、マリーは頷いた。

「アデルバード様と結婚しても、この恩は忘れません」

深く長い沈黙の後、ウィリアムは額をくっつけたまま唸った。

「ん、んんと。……ちょ、っと待って、え？　どこからそういう誤解を」

「？」

「手を貸しましょうか？」

耳の良い執事が、御者台から声を掛ける。

「いらん！　マリー、あの」

ウィリアムは、何か言いたそうにしている。

「おじいさまに吸血鬼にしてもらって、アデルバード様のところに行くんじゃ」

「違うよ」

「え」

ウィリアムがマリーの手を取って言った。

「マリーは、僕の花嫁になるんだよ」

身代わりのまま、ずっと愛される自信をもてずに生きてきたので、自分の望みが叶うなんて思ったこともない。

吸血鬼になれるだけで、十分で。

「何故ですか？」

「……マリーならそう言うと思ったよ」

ウィリアムが抱く腕に力をこめた。

「何故って、僕が、君を愛しているから」

「愛……」

ぽつりとマリーは呟く。

「おじいさまが、……私、を？」

意味を理解して、顔を真っ赤にしたマリーは身を縮こまらせた。

息が、苦しい。それでも、今胸の中にあるなにかとても温かいものを離さないように、無意識に握り込む。

「結婚の話は早すぎた？」

「い、いいえ！」

ウィリアムが自分を選んでくれた。

そのことがただどうしようもなく嬉しくてとても、幸せで。涙を抑えるのがやっとだった。

「その……心の準備が……できてない、だけで。それにアデルバード様のことも」

「その件なら叩き潰すから気にしなくてもいいよ。いや、いっそ息の根を止めて」

目を輝かせたウィリアムに、マリーが慌てて首を振る。

「冗談だよ」

マリーの髪を、優しい手つきでウィリアムが耳にかける。

「返事は、少しくらいなら待つから」

「……ごめんなさい」

「六十年くらいで決められそう？」

「今すぐで大丈夫です！」

吸血鬼らしいざっくりした期間を提示されて、思わずマリーが答える。言ってしまってから、また考えなしの返事にしまったと思ったが。じっとウィリアムがこちらを見てくれることに勇気を得て、マリーは口を開いた。

「……私は、おじいさまと、ずっとずっと一緒にいたいです」

「嫌と言っても、手放す気はないんだけどね」

精一杯の告白に微笑んだウィリアムは、マリーの頰に手をやって彼女にそっと口づけた。

第五章　狩人と吸血鬼

マリーが城に戻ったのは、翌日のこと。

またあんな風に肌を合わせるのかと緊張したが、マリーを吸血鬼にするにあたって準備があるらしく、ひとまずマリーはウィリアムの部屋で過ごすことになった。

さすがに色々あって疲れたようでウィリアムは静かに眠っている。時刻は昼だから当然だが。

「……」

ベッドの上で、マリーは昨日のウィリアムの告白を思い出した。

吸血鬼になって、ウィリアムと一緒になる。

ドキドキする胸を押さえて、少女はそっとベッドを出た。

吸血鬼になればもう陽の光は浴びられない。今のうちに散歩をしてこようと、いつものように、チョーカーを首につけたところで気づいた。

金の鍵がない。

（……え）

肌身離さず持っていたはずだ。夜会の時ももちろん。

青ざめたまま、もう一度震える手で確認する。どうしよう、城の大事な鍵なのに。

全ての窓が閉まっているのを確認して、ショールを羽織りウィリアムの部屋を出る。ドレスのポケットに入ったままだろうか。それとも、会場に置いてきてしまったのか──焦る気持ちを押さえて廊下を進む。

「マリー」

そこで、後ろからかけられた声に少女は足を止めた。

記憶にあるその声の主を思い出して、マリーは息をのんだ。心臓が大きく鼓動し、速さを増して耳障りな呼吸音が響く。

「ミ……ラ」

何故、どうしてここに。

唇が震えてうまく言葉が出ない。青ざめながら振り返ると、廊下には豊かな黄金の髪を一つにくくった美しい女が、ミラベルがいた。

「え……」

あまりにも自然に彼女がそこにいることに、一瞬マリーは混乱した。

ウィリアムと同じ金の髪、蒼《あお》い目。調度品と並んでも遜色のない美貌。その全てが、ここに引き取られるべきはマリーではなく、ミラベルだったのだといやでも思い起こさせた。

笑顔のまま、ミラベルが後ろに回していた手を持ち上げる。

そこには、銀の銃が握られていた。

「────！」

何か言う前に銃が火を吹く。

するどい痛みが腕に走って、マリーはとっさにそこを抑えた。足から力が抜けて膝をつくと、指の間から流れ出た血が絨毯《じゅうたん》に落ちた。

「あら、銀の弾で撃たれても消えないの。……ということは、まだ吸血鬼じゃないのね」

「ミラベル……」

「ああ、素敵なお城ね。私にぴったりだわ」

うっとりとミラベルが廊下を眺める。そばに置かれている、宝石の散りばめられた金細工の鳥に頬ずりした。

「いえ、当たり前よね。だってこれ全部、もともと私のものだもの」

「吸血鬼に味方する、人類の敵だ」

彼女の後ろに、見覚えのある猟銃を持った数人の男が立つ。

大きな体躯《たいく》の狩人たちはマリーに、憎悪の目を向けた。

「殺せ」

男達が近づいて来る。咄嗟《とっさ》にマリーは腕を押さえてその場を駆け出した。後ろから、ミラベルの声が追う。

「逃げても無駄よ。狩人を雇ったの。報酬はこの城のもの、半分」

考える余裕もなく、マリーは痛みを堪えて廊下を走る。地下墓地から、ウィリアムのいる部屋からなんとしても離れなければならない。

螺旋《らせん》階段を駆け上がる。いつの間にか、廊下はほとんどすべて、窓が開けられていた。眩《まぶ》しい陽光が、廊下にさし込んでいる幻想的な光景はここに来て初めて見る。

「……いたぞ！　血の跡を追え！」

「こっちだ」

断続的な痛みが苛む。おさえる手はすでに真っ赤になっていた。

「っは、あ」

追い詰められて四階までのぼってきたマリーは、その暗がりに誰かが立っているのを見つけて一瞬ぎくりとした。しかし目深にフードを被ったその人物は、吸血鬼の養い子を前にして微動だにしない。

「早く逃げ」

警告しようと近づいて、マリーは動きを止めた。

そこには、虚ろな緑色の眼をした人形が立っていた。

「いいだろうマリー？　私の最高傑作だよ」

振り返ると片腕のない初老の男がそこにいた。彼は人形のフードをとって美しい赤い髪をかきあげる。その滑らかな首筋には、小さな金のピンが刺さっていた。

「古代種吸血鬼の人形だ」

「あ、……あ」

遅れて、目の前にいる男が、幼い頃ウィリアムの城近くで会った人物だと気づく。

昏がわななく。知らぬ間に集まってきていた狩人達から、銃が向けられた。

『私のいない間にウィリアムを誘惑するなんて、なんて酷い子』

ミラベルが口を開く。

彼女の口の動きで、オフィーリアが喋《しゃべ》る。ミラベルの舌に、きらりと金色が輝いた。

銀のピン、血まみれの兎《うさぎ》、あの時見た光景が、否が応でも思い出された。

じりじりと壁際に後退する。少女の背中が、窓枠についた。ここから逃げられないかと窓の外を見るが、高い地面までの距離の間にはクッションになるようなものはなにもない。

そして、庭にも数人の狩人の姿が見えた。

「人類の裏切り者め」

片腕の初老の男の合図で、一斉に男達の銃が撃たれた。

凄まじい音が廊下に響く。咄嗟にマリーは顔を背けるが、硝煙の匂いが薄らいでも、いつまで経っても痛みは来ない。

不思議に思ってそっと目を開けると。

「！」

目の前に、赤い髪が見える。マリーの前に手を広げ、いくつもの弾丸に撃たれたオフィーリアは、窓からの陽に灼《や》かれながらその場に崩れ落ちた。

血は出ない。悲鳴もない。ただ、天井を見る虚ろな目と、マリーの視線が合った。その体が、銀の弾で撃たれたところから脆《もろ》く崩れていく。

「何をしている！」

「ち、違う、勝手に！」

「……まさか」

不可解な人形の行動に狩人達が口論する中、マリーだけが顔を青ざめていた。傷口を塞ぐように置いた手から零れるように、砂のように細かい塵《ちり》になっていく。

「……っオフィー、リア……」

これはウィリアムの大事な人だ。彼に返さなければいけないのに。

心臓が痛い。呼吸が荒くなる。知らぬ間に泣いていて、言葉も出ない。胸に悔しさと懐かしさだけがこみ上げた。

「……仲直りをしないかマリー」

赤髪の吸血鬼の残骸を抱いたままマリーは、かけられた声に顔を上げた。

いくつもの銃口は未だ、戸惑いつつ少女に向けられたまま。

「君が我らの仲間になるなら、命は助けよう」

「ちょっとハーマン!? 何を言って」

ミラベルが語句を強める。それを制して、ハーマンと呼ばれた初老の男は皺《しわ》と傷だらけの手を開いた。

鎖に繋《つな》がりきらりと光るのは金の小さな鍵。マリーのものだ。見間違えるわけがない。

「大事な鍵を無くして、狩人の侵入を許す事態を引き起こした君を、吸血鬼たちは許さないだろう？」

かち、かちと、銃の撃鉄を起こす音が廊下に響く。

「みすみす死ぬことはない。さぁ」

「……それなら、尚更……」

塵となったオフィーリアから手を離したマリーの赤髪から、緑の眼がのぞく。

先程までの雰囲気をがらりと変え、鋭い光を放つその剣幕に、わずかに狩人達が怯《ひる》む。

撃たれた腕から血が絨毯に落ちる中、マリーは立ち上がって、壁に掛かっていた槍《やり》を手に持った。低い姿勢で構える。

「私の責任です。……おじいさまに、みんなに……危害を加えるつもりなら、殺されても、全員倒します」

「残念だ」

ハーマンが周りに合図した。

男達が殺到する。撃たれるとばかり思っていたマリーは、彼らの思わぬ行動に息をのんだ。

数人がかりで押さえつけられる。振り解こうとして腕に激痛が走った。

「連れて行け」

「何をしてるの⁉」

ミラベルが彼らを追い払って、マリーの血まみれの腕を掴《つか》む。

そのまま、体を窓の外に押した。抵抗する間もなく、小さな体はするりと窓枠を越える。

思わず手を伸ばすが、重力に従って落ちるマリーに、ミラベルが暗く微笑んだ。

完全に宙に投げ出される。

見上げるのは雲一つない青空。コマドリの卵と、ウィリアムの目に似たその色に向けて、マリーは手を伸ばした。その体を、宙で抱きしめられた。

「！」

それが誰の腕か気づいて、体が宙に投げ出された時よりも心臓が縮んだ。

空中で霧が実体を結ぶ。太陽の金を反射するウィリアムが、マリーを庇《かば》って地面に転がった。

「っぐ！」

「おじいさま⁉」

「……あ、ぁあああああああ」

叫ぶウィリアムの体から煙が立つ。肌が見る見るうちに灼けるのを見て、マリーは咄嗟に羽織っていたショールをかけて、その上に覆い被さった。

入り口にも庭にも狩人の姿があって、彼らが動けない宿敵に向けて一斉に銃を構える。

「やめて！」

マリーがウィリアムの体を庇ってぎゅっと目をつむると。

「うわ!?」

悲鳴が聞こえた。見れば、蹲《うずくま》りながらウィリアムが片手を上げていて。

周りの狩人達の銃から、花や蔦《つた》がものすごい勢いで生え伸びていた。見る見るうちにそれらは銃身を絡め取り、胴をぱきりと半分に割る。

「……怪我は」

皮膚の灼ける音が響く中、かけられた声にマリーは首を振る。

「ごめんなさい、っごめんなさい、ごめんなさい……！」

銀の弾と日差しから守るように抱え込みながら、マリーはただ謝罪を口にした。

どこにウィリアムを逃がせば良いのかも、どう戦えばいいのかもわからない自分が情けなかった。

吸血鬼なら一緒に太陽に焼けて死ねるのに、人間のマリーには、何も出来ない。守ってもらう価値なんてどこにもない。

「おじいさま！」

四階の窓からミラベルが叫んだ。

「その子は偽物なの、私が本物の孫の、ミラベルよ！」

告発された事実にマリーの体が竦《すく》む。

「……ごめん、なさい」

どちらにせよ、これでもうウィリアムのそばにいられない。

ウィリアムに覆い被さりながら、こんな状況で、まだ自分の事しか考えていない。マリーは己に嫌気がさした。

「……知ってた」

「……？」

小さく聞こえた声に、涙でぐちゃぐちゃなままマリーはショールの中をのぞきこむ。

ウィリアムがいつものように微笑んだ。

「大丈夫だよ、マリー」

黒い影が二つ飛び出す。

黒猫が、体を炎で膨らませて狩人に襲いかかった。

呼応するように宙を飛んだ大柄な男が、ウィリアムの傍らに膝をついた。

「ハイムズ、さん……リンさん」

「城の中は狩人だらけです。お嬢様は私が守るので、早く地下に」

なんら用意もしていないだろうハイムズの肌も灼けて、苦痛に顔を顰《しか》めている。

ぐったりしたウィリアムに腕を掴まれたまま、その体をハイムズに預けて、マリーはなるべく二人を陽から遮った。リンが大きな体で狩人たちをなぎ倒しているが、三人を守りながらでは多勢に無勢だ。そのうちに、城の中にいた狩人達も外へ出てきた。

「どけ！」

舌打ちと共に、初老の男がミラベルを突き飛ばし叫んだ。

「そのガキを確保しろ！　――オフィーリアの、生まれ変わりだ！」

武器の変容に戸惑っていた狩人達が、ハーマンの命令に動いた。

狩人がマリーの体を抱き込む。マリーを掴んでいるウィリアムの手が力なく解けた。

「や、……」

ウィリアム達から遠ざけようとする動きに、マリーは抵抗する。しかし、灼けるウィリアムがこちらに来ようとするのを見て、少女は叫んだ。

「いいから、中、に……っ」

手で口を塞がれて、数人がかりで馬車に押し込められた。扉が閉まると、すぐに小石を蹴散らして車輪が走り出す。

「リン！」

ハイムズの声で、すでに満身創痍《まんしんそうい》の黒猫が飛び出した。


「さてどういうことだろう」

気を失っている少女は、重い椅子に縛られた状態で固定されていた。

血の色の長い髪が、膝や椅子にこぼれる。

少女の前、正面には肘掛け椅子が置かれていた。オフィーリアの体を操っていた初老の男は、それに座って頬杖《ほおづえ》をつきながら、虚ろな夢を彷徨《さまよ》う少女を見る。

真四角の部屋は、広いのか狭いのかわからない錯覚を起こさせる。無機質で完璧なそこには、陽の光でもロウソクでもガスでもない、——電光の灯りがついて、じじ、じ、と時折耳障りな音を立てた。

立ち上がった男が、さらりとマリーの髪をかき上げて項を露出させる。手には銀のピンが握られていたが、彼はそのまま、髪をおろした。

オフィーリアはハーマンの知る限り、最も特異な吸血鬼だった。

薔薇色《ばらいろ》の髪と新緑の眼の貴婦人。最上位であり原始の種と恐れられているのに、彼女の体は人間の血を一切受け付けなかったのだ。匂いだけでも拒絶反応を起こして、吐いた。

だから彼女は人間の血をほとんど吸ったことはないという。

その体を手に入れたのは、ほんの偶然と幸運によるものだった。

狩人達がウィリアムの息子家族の居住地を襲撃したときに、たまたま夫に内緒で訪れていた彼女がいたのだ。皆を逃す為に囮となり、力尽きてある孤児院の前で事切れかけていた彼女を、ハーマンは人形とした。残念ながらその体はすでに失われてしまったが。

ハーマンはマリーを見た。

「おお神よ、これであの計画も進められそうです」

ハーマンは神への感謝を捧《ささ》げた。

「……ん」

「目が覚めたかい」

「……ここは……」

マリーは、部屋の中の異様な光景に息をのんだ。

壁際にいくつも並んだ人形。獣も、人も。それら全部が、うつろな目で立ち尽くしていた。

「我々狩人の本拠地だよ。ようこそ、というべきかな」

城を離れる前のことを断片的に思い出す。銃で撃たれたところは包帯が巻かれていた。

ウィリアムやハイムズ、リンはどうなったのだろうか。城の皆は無事だろうか。

部屋に並ぶ人形の姿に、赤い髪のオフィーリアが崩れていく様子を思い出し、苦しい気持ちになる。何か、この男が叫んでいた気もするがよく思い出せなかった。

「ミラベルは？」

「興奮状態だったので、今は鎮痛剤を打って横になっている。気になるかね」

「……彼女も、狩人なのですか」

「そうとも言えるしそうじゃないとも言える。利害の一致で今は組んでいるというべきかな」

「おじいさまのところに帰して下さい」

「マリー」

ハーマンが少女の髪を摑む。

聞き分けのない子にするように名前を呼んで。

「私はね、吸血鬼は嫌いだがオフィーリアだけは特別だった。彼女は人が大好きでね、いつも吸血鬼と人がどうにか一緒に生きていけないかと考えていたんだよ」

何の話をしているのだろう。

訝《いぶか》しむ少女の前で、ハーマンは顔を手で覆った。

「折角手に入れた体が、……オフィーリア、オフィーリア」

嘆くハーマンのそばに、影が立つ。それは三人の知らない男たち。

「だがもう過ぎたことはいい。……人形だけあっても空しいだけだった。そう、我々に必要なのは、君なんだよ」

影が近づいてくる。

異様な雰囲気に、マリーは後ずさろうとしたが、重い椅子に縛られた体はびくともしない。

「陽の下でさえあれだけ動ける化け物相手に、狩人はまだ力及ばない。準備を整えなければ」

男の一人が少女の拘束を解く。

「いや、っ離し」

強い力で押さえ込まれ、肩がはだけられて、肌が露出した。

「あいつを討つために、こちらの味方になってくれる吸血鬼を増やしているところでね」

猿ぐつわが嵌《は》められた。

「でも、協力してもらうには報酬が必要だろう？　……彼らが、同族を裏切っても構わないと思うほどの」

「っ」

荒い息遣いと共に、後ろから首筋に牙がかかり、マリーは彼らの意図に気づいて目を見開く。吸血鬼だ。

「っ、っ」

マリーは全力で抵抗した。けれど頭を床に押しつけられて、摑む手を振り解く前に肩に鋭い牙が食い込み、マリーは声にならない悲鳴をあげた。

「ああ、……ウィリアム様の精気をこんなにも感じる」

「おい代われ！」

「うるさい邪魔するな‼」

興奮した声が聞こえて、今度は抱えあげられ、代わる代わる貪られた。

吸血鬼たちの狂った血の饗宴《きょうえん》に、ハーマンは哀れみの視線を投げかける。

「すまないねマリー。我々が共存するためにはこうするしかないんだ」

全身に牙を突き立てられたまま、震える手をマリーは虚空に伸ばす。けれどその指先は、何も掴めないまま力無く下げられた。

「残りの生を、吸血鬼共の餌として生きてくれ」


吸血鬼の王の城に訪問があったのは、夕暮れ時だった。

「邪魔するぞ」

ウィリアムが側近を押しのけて、王の眠る棺桶《かんおけ》の蓋を蹴り破った。目をつむる男の腹を足で踏む。

「うっ!? 何！」

突然の暴挙にアデルバードは呻《うめ》いた。

「許可を」

顔の半分を仮面で覆われたウィリアムの目は紅く染まっている。

黒い手袋をはめ、髪を後ろになでつけたウィリアムが、アデルバードの眼前に金の鷲《わし》の村を突き出す。

「マリーが狩人に攫《さら》われた」

「……え!?」

「メイドが追いかけたが、連絡がない。だから、今から、狩人の全ての巣穴を破壊する」

「えええぇぇ！！？」

「うちの奴だけでは手が足りん。だから欧州にいる全ての吸血鬼を徴集しろ。狩人狩りだ」

「えええええええええええ」

「動かないなら、お前の秘密を公表する」

「……脅す気だ」

「さっさと決めろ。さもなければ」

「マリーが攫われたんですってぇぇぇぇぇぇ！！？」

その時、ベルベロッサが城の窓を粉砕して飛び込んできた。

文字通り飛んできたベルベロッサの髪は、彼女らしくなく乱れている。

「そ、それに、マリーがオフィーリアの生まれ変わり……っ⁉　ウィル、早くいかないと！」

「協力ありがとう」

そのベルベロッサを、ウィリアムが無感動に見た。

「あら」

冷酷な視線を受けて、ベルベロッサは頬を染めた。

「ちょ、え？　何？　オフィーリアが……マリー⁉」

ウィリアムが混乱するアデルバードを見た。

「原理はわからん。ただ、狩人がそう言っていた」

「そんなまさか……君を誘き出すための罠《わな》じゃないのか」

「攫われた時が、僕を討つ絶好の機会だった。あえてその必要が？」

「いつの間にそんなことに……」

呆《あき》れたように頭に手を置いたアデルバードが、口を開いた。

「オフィーリアだったから、ウィリアムはあれだけあの子に惹《ひ》かれたのか」

「……それは」

「まぁ細かいことは後にしましょう」

妖艶に腕を組んだ魔女は、己のはち切れんばかりの巨乳をその上に乗せた。

「さ、暴れ回ればいいのよね？　あぁぁ久しぶりねぇ、人間の雄の腹を割いて内臓を取り出して肝をすすって眼球を抉《えぐ》り出して骨をぐちゃぐちゃにしちゃいましょう」

うっとりとベルベロッサは頰を紅潮させた。

「まぁ確かに、マリーがオフィーリアだと告げれば腰を上げる吸血鬼は多いだろうけどさ……」

「何を言っているんだお前は」

呟《つぶや》いた王に、心底呆れた様子でウィリアムが言う。

金の髪で隠さないウィリアムの瞳は、血のような紅。

「吸血鬼が人間を襲うのに、理由が必要か？」

いつの間にか世界は闇に満ちていた。王の寝室にある窓の外には無数の紅い目が光っている。

ウィリアムの城の使用人たちだ。ここ数十年、ウィリアムの精気と血を摂取してきた、吸血鬼達。

「小賢しく後先を考えるな。相手に媚《こ》びへつらってなんの得がある？　偽りの光で夜への畏怖も忘れた人間どもに、思う存分狩られる立場というものを思い出させてやろう。

……………ただし、礼儀《マナー》は忘れぬように」

ウィリアムは、己の血が入った小瓶を王の腹の上にばら撒《ま》いた。

「必要なら、血はいくらでもくれてやる」

夜更け、各地の旧市街にある建物の門を叩《たた》く者たちがいた。

応対に出た相手に、彼らは自分の用事を告げた。届け物、物乞い、道を尋ねる者、用件は様々だが、奇妙なことに最後の言葉は、皆共通していたという。

――――中に上がらせていただいてもよろしいですか？

そう彼らは人間に問いかけた。

頭の中に霞《かすみ》がかかって、重い。

血が足りないのか頭がぐらぐらする。吸血鬼達は血を吸ってひとまず満足したらしく、マリーをまた椅子に拘束して姿を消した。

「起きてる？」

声がして、マリーは視線を前に向けた。

静かな人形たちの部屋。その中で、豊かな金の髪に蒼い目が映える。

「……ミラベル……」

彼女が中に入ったと同時に、扉が閉まる。彼女は、大きく胸元の開いたワンピースに、同じ色合いのジャケットを羽織っていた。

コッ、コッ、と靴で床を打つようにしてミラベルが近づいてきた。

すぐ目の前にミラベルが立った。そこで、ふと身代わりの事実をウィリアムが知っていたことを思い出す。

「何よその目は！」

目が合うとミラベルがマリーの頬を叩いた。

「いい気にならないでよね、あんたなんて虫以下の存在なんだから！」

そのまま腹部を蹴られた。頭ごと全身を揺らされる度に、マリーは痛みに歯を食いしばった。

「お前があの時入れ替わらなければ、こんなに苦しむこともなかったのに！　どうして私だけがこんなに不幸なの⁉　お父様とお母様がいて幸せだったのに、突然引き離されてからずっと……不幸すぎるわ。不平等よ、戻しなさいよ！　あの人は私の祖父よ、あんたなんかのものじゃない！」

揺さぶられながら、必死に頭を動かす。

マリーを餌に、と狩人は確かにそう言っていた。

こうして生き長らえさせるのは、糧とするため。ウィリアムを殺そうとしている狩人と、裏切り者の吸血鬼への。

「どうして誰も私を愛してくれないの⁉　こんなに苦しいのに、……なんで誰も気づかないのよ！」

マリーはミラベルを見る。彼女は駄々をこねる子どもと同じだ。昔の思い出が大切で、取り戻したくて泣いている。

でも、元通りなど、可能なのだろうか。

「……私は、ミラベルが羨ましかった！」

不意に言葉が口をついた。赤髪を掴んだままのミラベルの動きが止まる。

「みんなから愛されて、信頼されてるミラベルが……羨ましかった」

「今更、ご機嫌とりなんか」

「でも今は羨ましくない」

違う。きっと、元には戻らない。

それが分かっているから、こんなに彼女は泣いている。手からこぼれ落ちてしまったものを前に、無力な自分に、思い出に苦しんでいる。

掌に残っているものに目を向けないまま。

それに気づけば、あれだけ絶対的な存在のミラベルも、孤児院の同じ小さな女の子だったのだと悟った。

マリーは息を吸って、吐いた。口の中が血の味がする。

ウィリアムと敵対する相手に、協力なんてごめんだ。

「私が憎い？」

問えば、ミラベルはどこか感情の抜け落ちた顔で、マリーを見やった。

「ええ」

「羨ましいでしょうね。あなたのお祖父様に大事にされて、とっても甘やかしてもらったの」

ぴくりとミラベルの眉が動く。

彼女の手が、ジャケットの内側に伸ばされた。それを見ながら、拘束された少女は、ふわりと満面の笑みを浮かべた。

「おじいさまに引き取られて、私は、すごく幸せだったの」

「お前」

無機質で無遠慮な銃口が、マリーの額にあてられた。

金属の感触に、少女は咄嗟に不快感と悲鳴を押し殺す。

覚悟したはずなのに、筆舌につくしがたい恐怖が全身を覆い、体が意思とは関係なく小刻みに震えた。

城で弾がかすった痛みを思い出し、逃げろと叫ぶ本能を必死で押さえ込む。下手に動いて急所から外れれば、意味がなくなってしまう。

誰かが、ミラベル以外が来る前に、早く。

「マリー、死んで？」

来るべき衝撃に備えて、マリーは身を固くした。

ミラベルの顔が歪《ゆが》む。いや、自分の視界が回っているのか。

既に撃鉄を起こした引き金を、ミラベルの指が引くのがゆっくりと見えた。

「何をしている！」

慌ただしい足音が響く。数人の男達がなだれ込んできて、ミラベルに殺到した。もみくちゃになる彼女の手から銃を取り上げようとするが、力は――ミラベルの方が強い。

「うるさい！」

「貴様、いい加減にしろ」

狩人の一人が、ミラベルの頬を叩いた。もう一度手を振り上げたところで、慌てたように仲間がその腕を押さえた。

「傷つけるな、そう言われているだろう！」

「……そうよ、あいつに言いつけてやる！　お前の顔は覚えたからね！」

それでも、床に押さえつけられればどうしようもない。しかし、その銃がぱん、と乾いた音を立てて硝煙を立ち上らせた。

「何の騒ぎだ」

ハーマンが数名を引き連れてやってきた。

「それが……」

一部始終を聞いて、彼は眉を顰めた。

暴力を受けた跡を残すマリーと、床に数人がかりで押さえつけられているミラベルを見て、溜息《ためいき》をつく。硝煙も消えたが、まだ熱い銃身を彼は拾った。

「何するのよ、離しなさいよ！」

両脇と後ろから屈強な男達に抱えられて、ミラベルが立たされた。

「あんたからもこいつらに言ってよ、こんなことをして、絶対に許さないから！　殺してやる！　マリーあんたもよ！　偽物だと知ったらおじいさまが」

「……はぁ」

男が溜息をつく。そして金色の髪の少女に告げた。

「吸血鬼は、お前らの入れ替わりに気づいているよ」

「え」

長い時を狩人として過ごしてきたハーマンは、苦々しく呟いた。

「ただの人間と、吸血鬼の血の混じった人間の匂いくらい判別がつくさ」

「じゃ、……じゃあ」

「知った上で、マリーは育てられたんだよ」

「うそ、嘘《うそ》よ！　そんなの信じないから！」

彼は、凄まじい形相で拘束を振り払おうとするミラベルを見る。

く、とハーマンは歪んだ笑みを口元に浮かべた。

「ウィリアムの本物の孫娘。君の体、人形用にもらうよ」

「……………は？」

「半分は吸血鬼だ。『タグ』は特別製で少々準備に時間がかかる。その間閉じ込めておけ」

「はい！」

「なに……言って……やめて！　ちょっと！　嫌！　助けて！　お願い、誰か‼」

「あぁ暴れないで。我らのためになる大事な体なんだから」

「ミラベル！」

部屋から出ようとしたハーマンが、声に振り向いた。

椅子に固定されたマリーが体を揺する。青ざめて震えるミラベルが、マリーを見た。

「た、助けて……！　マリー、助け」

「君に助けを呼ぶ資格はないよ」

ハーマンがミラベルの顎を摑む。そこで、慌ただしく一人が駆け込んできた。

「なんだ騒々しい」

「今、緊急の通信が」

「け、……っは、は」

恐怖に喘《あえ》ぎながら、通信士であるジムは十字架を握りしめて、必死にダイヤルを回した。扉はもちろん閉じてある。けれど、それに何の意味もないことは、嫌と言うほど見せつけられた。

せめて、応援を呼ばなければ。先程まで笑い合っていた仲間が呆気《あっけ》なく殺されたことに恐怖でいっぱいになり、指が震えてなかなか波数があわない。

やっとのことで繋がったと思った通信は、しかしどこの支部も応答がなかった。

「ブダペ……、……市街……アヴィ、」

震える手で支部のリスト名を消した。あと、残っているところは。

『同志よ！』

「ああよかった！　そちらは」

『助けて、……ぁあああああああ』

ようやく繋がったと思った矢先、ノイズ音と悲鳴が向こうからも聞こえた。

あとは何かが椅子ごと床に倒れる音と、静かな衣擦れの音だけ。

突然の襲撃に、基地内は慌てふためいて逃げ惑う狩人であふれた。大きな建物のいたるところに、仲間の死体が転がっている。

もちろん反撃する者も多くいた。しかし、今まで散々逃げ隠れしていたはずの、化け物の強襲。体を噛まれて次々と狩人は倒れた。

外に逃げようにも、入り口を押さえられてはどうしようもない。扉を閉めても奴らは靄《もや》のように通り抜け、支部を蹂躙《じゅうりん》し尽くした。

目を紅く輝かせた奴らには、十字架も聖水も怯《ひる》ませるほどにしか効果がなかった。

「くそ！　くそ！　本部は何をしてる！」

この国のどこかに、狩人の本拠地があるはずだ。

だが、下っ端のジムにはその場所はおろか通信に必要な番号も知らされていない。知っているこの支部の主はすでに襲われた後だった。

どこかに手がかりはないかと、必死でジムは書類をめくった。

その時、通信機が音を立てた。びくりと動きをとめたジムは、しかしそれが待ち望んでいた相手だと知って、泣きながら受話器をとる。

「なんとかしてくれ！」

『落ち着け。報告を』

静かな声が問いかける。

「吸血鬼が襲ってきた！　俺以外みんなやられて……！」

『他の支部と連絡は』

「どこも繋がらない。いや、一瞬だけ……でもすぐに切れた。増援を今すぐに頼む」

ジムが後ろを振り返る。

バリケードをつくった扉の向こう、窓もついていないそれでは、敵がどこまで近づいてきているのかわからない。

もう一秒後には吸血鬼が入ってくるかも知れない。そんな恐怖に捕われれば、体が動かなかった。

『今は助けは、出せない』

しかし、耳に当てたままの通信の非情な響きに、ジムは慌てて前に向き直った。青ざめて、思わず怒鳴る。

「何を言ってるんだ、仲間が殺されてるんだぞ！」

そしてもうすぐ自分が殺される。

受話器の向こうは束の間静かになり、そして。

『君も狩人ならば、神に誓っただろう。命を賭して邪悪を討つと。君と、支部の献身は永遠に神の元に記録されるだろう……』

そこで通信は切れた。

全く無音の受話器を耳に当てながら、絶望が広がる。

切り捨てられた、見捨てられた——言葉だけがジムの頭に満ちる。

「もう、お話はよろしいですか」

すぐ後ろから無機質な声が聞こえた。

「あ、あぁ、神よ……」

振り向かずに手を組んだジムの肩に、冷たく大きな手が乗せられた。

他の支部にも状況を確認したが、先程の通信士の言うようにどこも空しくノイズ音がするだけだ。

化け物を狩るための組織。

占い時代の災悪を討つために各地に設置された基地が、一夜で壊滅した。

「なるほど、そう来るかウィリアム」

思わぬ報復に顔を歪ませて、しかしハーマンは笑う。

「暴れるしか能がないとは、あいつも哀れだな」

今までにもこのような襲撃はあり、その度に吸血鬼に対する憎悪は一気に高まった。

仲間を、家族を殺された者は復讐《ふくしゅう》に燃え、狩りは大きな成果を得る。

今回もそうだ。安息日の朝でもない以上、支部に狩人全員がいたわけはない。

「これで、再び吸血鬼を狩る大義名分ができた」

多くの者が殺されたのなら、さすがにしばらくは動くべきではないだろうが、それならばその間にマリーという餌で、吸血鬼戦力の増強を図れる。

「しかし、この本部も襲撃されるのでは」

「それはない」

通信士の声に、男は応える。

「いや、今はないと言うべきか。なぜなら、今もってここは平和そのものであるからだ。もともとこの場所は、支部の主にしか分からぬようにしてあるし……もし知られたとしても【しかけ】を崩せば、吸血鬼は渡ってはこれないよ。そうだろう？」

リリリリ。

その時、通信機がベルの音を鳴らして受け手を呼んだ。

わずかに緊張した空気が部屋に流れる。通信士からの視線に頷くと、彼は受話器をとった。

『……え、もう繋がってるの？　でも声が』

ぷつ。

切れた。

聞こえた声に、ハーマンは通信士から受信機を奪い取ってかけ直した。

「ウィリアム!!」

『うわ!?　あ、これでいいのか。どうも』

いかにも人を食ったような男の挨拶。たった今、襲撃されたばかりの支部からの通話は奇しくも吸血鬼に占拠されたことの証拠となった。

『こんばんは。僕の花嫁を返してくれるかな？』

「断る」

男は言った。

今更、どれだけ吸血鬼達が蜂起したとしても勝ち目はない。種としての能力は確かに吸血鬼の方が上だろうが、科学技術と人数の差はそれほどまでに広がった。

光は夜を追い払った。

鉄は獣を寄せ付けない。文明の光は世界中で、土着の因習を放逐している。これは新しい世界が始まる前の、夜を征く者による最後の足掻《あが》きだ。

「残念だったなウィリアム。支部にいる人間を皆殺しにしても無駄だ。この恨みは」

『誰も殺してないよ』

無線の向こうから、のほほんとした言葉が返ってきた。

思わず言葉に詰まる。支部は吸血鬼の軍団に襲われた。この状況で、何を言う。

(取引か)

その可能性を思い浮かべる。ウィリアムは吸血鬼と狩人の戦いの歴史を見てきている。

さすがに、人間がどのような報復にでるのかは身に染みているだろう。

「よほど、あの赤髪が大切か」

『……』

「であればなおのこと、引き渡すわけにはいかん。本部の場所は分かっていないのだろう？　お前はここには来られないし、兵の代わりはいくらでもいる。分かるか、一世紀前ならばともかく、お前はもう人間と同じ土俵には立てない。駆逐されろ、吸血鬼」

『やれやれ』

無線から、溜息が聞こえた。

『君たちくらいは、我らの本分を覚えててくれてると思ったが』

嫌なノイズが混ざる。

雑音は大きいのに、ウィリアムの声はやけにはっきりと聞こえた。

「本分だと？」

くすりと、姿の見えぬ遠くの地で男が笑う気配がした。

『明日には、何事も無く全員目が覚めるよ。違いと言えば少しの不調を覚えるくらいじゃないのかな。全員、すでに我らの虜だ』

「なに」

『夜に再び血をもらいに伺おう。悠長に待つ気はないよ。三日後には全員――――吸血鬼にする』

ひやりとしたものが、狩人たちの背中を流れた。

『昨日まで元気だった者が、突然倒れ、数日後になすすべもなく死んでいく。そして蘇《よみがえ》った死者に襲われ、今度は違う者に同じ症状が現れる。一人また一人。治療の術はない。逃げる場所もない。明日には犠牲になるのは自分かもしれない。君たち狩人の組織が出来たのは、その恐怖から人間たちを守るためだろう』

静かな部屋に、ウィリアムの声だけが響いた。

『一度吸うだけでは吸血鬼にできないのはもどかしい限りだが、さぞかし見物だろうな。

狩人の吸血鬼が仲間を、家族を、そしてまったく罪のない人間を襲いながら世界中を恐怖に陥れる、様は』

「ウィリアム」

『克服したなど笑わせる。支配しようと考えるな。滅しようなど傲慢だ。我々こそが人間を喰《く》らう側だと忘れるな』

「そ、そんなことあり得ない！」

間近で聞いていた通信士が悲鳴をあげる。

『あり得ないと言うなら、君はもう一度僕らの歴史を読んでみたほうがいいね』

通信士の声に舌打ちする。こちらの動揺を知られるわけにはいかない。

彼は懐から銃を取り出し、躊躇《ためら》うことなく引き金を引いた。

ぱん、と乾いた音がした。通信機のコードを指で巻き付けながら、ウィリアムは遠くの地でそれを聞く。

『化け物め』

ぷつ、と音声が切れる。

「どちらが」

肩を竦めて、ウィリアムは無線を放り出した。

見下ろす先には狩人の男が倒れている。首に噛み痕をつけて青ざめているが、肩は呼吸を表すようにゆっくりと上下していた。

「ねぇねぇウィル、本当にこれ食べちゃ駄目なの？」

ベルベロッサが狩人の胸元にくるくると指を這《は》わせた。

「折角、薬用に新鮮な内臓をストックできると思ったのにぃ！」

「血をもっと吸っちゃ駄目ですか？」

ぶーぶーと、狭い部屋に入り込んだ吸血鬼達も抗議の声を上げる。

逞《たくま》しい狩人を見て舌なめずりをする者多数、食い足りないと言う者大多数。そんな彼らを見回して、ウィリアムは言った。

「マリーのことが先だ」

顔の片側を覆う仮面の奥の目を光らせると、吸血鬼たちはしゅんと子犬のように大人しくなる。

ウィリアムは彼らを追い払って、倒れている男をまたぎ、通信室を見回した。

棚には様々な書類の入ったファイル。壁にはこの国の名所と呼ばれる場所の写真がかかっていた。

「みんな即物的すぎて困る」

「こんなに大手をふるって人間を襲える機会も滅多にありませんし」

唯一、この場に残った三白眼の執事が応えた。

表面は静かだが、腹が煮えくり返っているのだろう、彼が一番多く人間を襲っている。

「旦那様、もうすぐ夜明けです。そろそろ馬車に」

だから、懐中時計を取り出して告げるハイムズはとても苦々しげだ。

「本部の場所は、改めて虜から聞き出しましょう」

「そうだな……」

灼けた肌を回復する間もなく、仮面で隠すだけのウィリアムは気のない返事をしながら、いろいろな支部のリストを手に取った。最後に残った通信士が持っていた、ぐじゃぐじゃに線を引かれたそれを眺めて、捨てる。

襲撃方法はひどく単純だ。以前からあたりをつけていた支部をまず襲い、そこから巣穴の場所を割り出して叩きつぶした。

ただ、本部の場所のみどこにも記されておらず、マリーを見つけたという連絡もない。虜にした人間から聞き出せばいいのだが、生憎、下っ端に聞いても知らないと言う。一先ず今日は、全員を噛むことを優先させた。

しかしそれは同時に相手に動く時間を与えることになる。それこそ、マリーに対して決定的な手を打つことも――。

ぱらりぱらりと、書類をめくっていたウィリアムはやがて諦めてそれを閉じた。

「……吸血鬼は全員寝床に下がらせろ。僕は知ってそうな人間を二、三人誘拐して」

ふと、ウィリアムは通信室の壁に掛かったある白黒写真を見た。

「……ハイムズ君」

「はい」

「自己顕示欲の強い狩人たちが本部にする場所が、そこら辺の普通の建物だと思うかい？」

「いえまったく」

「……なるほど」

「心当たりが？」

ウィリアムは、写真の一枚を指した。

「我らは川を渡れない。この国で吸血鬼から逃げるなら、うってつけの場所がある」

それは霧の多い帝都を流れる川にかかる、大きな橋の姿だった。


本部の中はしんと静まり返っていた。ハーマンの足下に倒れ伏した通信士は、わずかに痙攣《けいれん》した後動かなくなった。

「まだ猶予はある。奴が示したじゃないか、期限を」

全員がそれから視線を逸らすようにして、置き時計の針と、壁に設えられた日の出、日没の時刻を示す盤を見た。現在時刻は朝の六時十二分。

陽はすでに地平線の向こうから顔を出し始めている。吸血鬼の時間は終わり、今度は人間がカードを切る番だ。

「今日の夜には恐らくウィリアムがここに来る。我らの本拠地へ」

煉瓦《れんが》造りの、川の両端を繋ぐ巨大な橋。

人や馬車が往来するその真下、人知れず作られた隠し部屋に狩人の本部が置かれていた。

幾度も火災や崩壊に見舞われ、犯罪者の首を晒す場でもあったこの橋の歴史を、狩人たちはここからずっと眺めてきた。

「だから、赤髪を餌にウィリアムをここに閉じ込め、橋を崩落させる。速やかにここを放棄する準備を」

吸血鬼は水の流れを渡れない。彼が中に入ったところで、両岸への通路を落としてしまえば、脱出することは不可能だ。

「発言をさせていただいてもよろしいですか」

一人が手を上げる。

「許可しよう」

「返せば、まだ間に合うのでは」

「何？」

「猶予はあります。あの子を返して、噛まれた者を保護し悪の血を外に出すのです。今なら全員助かる可能性が高い」

はっとした空気が部屋の中を流れる。

吸血鬼を狩る者となったからには、非情な判断を迫られることも多い。今回の件もそうだ。

しかし、各地から選りすぐって集められた彼らにとって、所属していた支部の人間は仲間である以上に家族も同然だ。もし、まだ死の手から救える方法があるのなら。

一縷《いちる》の望みに顔を上げた、自分より遙《はる》かに年の若い狩人を見て男は皮肉げに口元を歪めた。

「それで、ウィリアムが手を引く確証は」

「……それは」

「いや、引いたとしてまた人類は吸血鬼に阿《おもね》るのか？」

目を爛々《らんらん》と輝かせたハーマンは、興奮に頬を紅く染めて立ち上がった。

「いいか、これは千載一遇の機会だ。我らの悲願であるウィリアムを殺せる状況が整った！　数百年間先人が果たせなかった栄誉を、神が我々に与えたもうたのだ」

全員が背筋を伸ばす。

「急げ、時間がないぞ」

慌ただしく動き始めた狩人たちをハーマンは満足そうに見た。

「噛まれた者の処遇は」

一人の狩人が、彼に近づいて問いかけた。歴戦の狩人は口元を歪める。

「心臓に杭《くい》を打つよう指示しろ。それで、もう起き上がることはない」

無情にも閉められた扉を前に、マリーはもう一度拘束具を引いたところで力尽き、項垂れた。

（ミラベル……）

最後に見た恐怖に引きつった顔が思い浮かんで、マリーの心を乱した。何もできない自分が歯がゆく、少女は唇を噛みしめる。

同時に、いつものように心のどこかで声がする。

心配しなくても大丈夫。きっと彼女なら、なんとでもなる。だって、ミラベルはなんでもできて、愛されていて……。

（私とは、違うから）

兎や、オフィーリアの首のピンを思い出す。同じことがミラベルの身に起こるとして、マリーはそれを悲しむ必要があるのか？

ふ、とマリーは息を吐いた。

そうだ、マリーも……ミラベルが嫌いだった。でもそれを認めたくなくて、自分の言葉を言い換えて、いい顔をしていた。おじいさまを取られたくなくて、必死に良い子を演じていた。誰からも嫌われたくなくて、ひたすら縮こまっていた。

孤児院の頃から何も変わらない。ミラベルは、人の顔色ばかりを気にして、怯えるマリーの本性を誰よりも見抜いていたのだろう。

全部演技で、偽りだ。

でも……それなら今、ミラベルを助けたいと想うこの気持ちも、嘘なのだろうか。

「……」

違う。その証拠に、まだ自分にできることがあると思えば、少しだけ元気が出たから。

マリーは縛られた己の手首を眺めて、ひとつ頷いた。

「……よし」

力を入れて引っ張る。手首の薄い皮が固い手錠に擦れて血が滲《にじ》んだ。手がどうなってもいいから、どうにかこれを外せないだろうか。マリーがもう一度目をつむって腕に力を入れたところで。

ぽたり。排気口から肉球のついた黒い手が伸びて、その毛皮から水滴が落ちた。

手は伸びた爪で器用に排気口の格子の留め金を外す。そこから濡《ぬ》れた猫が床に着地してぷるぷると体を震わせた。そして一目散に主人の元へ駆けた。

「お嬢様！」

「リンさん⁉」

「大丈夫ですか？　遅くなって申し訳ありません！」

リンが、マリーの姿を見て涙ぐむ。

「さ、ここからさっさと出ましょう」

リンが体を伸ばして、手錠の鍵穴に爪を突っ込む。

「私は、いいからミラベルを。さっき人形にすると連れていかれて」

「先に、お嬢様を安全なところへお連れしてからです」

「……リンさん」

リンは、悲しげな顔のマリーから目を逸らして言った。

「相手の力を見誤った報いです。近づいてはいけないものに近づいた、それは彼女の責任ですよ」

その時、部屋の入り口が開いた。

はっとリンがマリーを庇うように毛を逆立てると、四人の男が入ってくるところだった。

マリーの血を吸った吸血鬼たちと、ハーマンと呼ばれている狩人。

彼らは、後ろを気にしながら、何かを操作して扉を閉める。

「妙なものが入りこんでいるな」

ハーマンの言葉に、吸血鬼がリンを捕まえて、その小さな体を壁に投げつけた。受け身をとる暇もなく全身を打って、黒猫は床に倒れる。

「酷いことしないで！」

ぐったりと気を失ったリンにマリーが気を取られている間に、男達は少女に近づいた。

リンを投げた男が、手錠をあける。紅い瞳の男達に周りを取り囲まれたマリーは、負けないようにと睨《にら》み返して、摑まれた腕を離させようと身をよじった。

「や……っ」

未だ倒れたままのリンを振り返ったところで、男の肩に荷物のように担ぎ上げられた。

「ここはもうだめだ」

ハーマンは言う。

「私が地下を案内する。今のうちに、餌と私の人形たちも連れて逃げるぞ」

顔を青ざめた人間を見て、吸血鬼が嘲笑う。

「自分を優先して仲間を見捨てるとはな」

「まぁいいじゃないか、俺たちも言えた義理ではな」

吸血鬼の頭が、突然消えた。

血は、驚くほど出ないまま首無しの体がゆっくりと後ろに倒れる。すでに動く力もないマリーは床に投げ出された。

ふわっと柔い風が吹いて、思わず全員がその風の方を見れば——壁に、小さな穴が空いていた。

それは見る間に放射線状に亀裂を走らせ、やがて地響きを立てて、壁の一角が崩れ落ちる。

「なっ……」

吸血鬼達は慌てて部屋の奥に下がった。

今は太陽の出ている時間帯だ。分厚い壁が崩れれば、おぞましい日光を遮るものがなくなってしまう。

壁を形作るものの大部分は川へと落ちていったが、一部は部屋に散らばる。その、砕けた破片を靴で蹴り飛ばした男は、部屋にいる面々に向けてにっこり笑った。

「やぁ、こんにちは」

未だ正午の鐘も鳴っていないというのに、ウィリアムの背後に見える世界は、漆黒に染まっていた。


鳥が鳴く。

人々は、天を仰いで指さした。道を往来していた紳士、洗濯物を干そうとしていた母親、新聞売りの少年、皆が皆、異様な光景に悲鳴をあげた。

太陽が、欠けていく。少しずつ少しずつ、まるで闇に喰われるように。

夜が来る。

皆、不安げに空を見上げた。青空が橙《だいだい》から群青へと変化し、その、夕闇の空を無数の人影が飛んでいた。箒《ほうき》にまたがり、やぎに乗り、もしくは生身で、ローブを羽織って先の尖《とが》った帽子を被る人たちが、縦横無尽に飛び交った。

「ひいいいい！」

悲鳴が響く。助けてくれと叫ぶ男に、背後から黒い影が襲いかかった。数人が見ている前で影に飲み込まれた男が、どさりと道に倒れ伏す。その首筋には、二つの赤い噛み痕。

「うわっ⁉」

暗がりから、狼《おおかみ》の形の影が飛び出す。水辺をいくつもの光が踊り狂う。聞くだけで胸を掻きむしりたくなるような叫び声を上げて、人ならぬものが暗い大通りを歩いた。

「日蝕《にっしょく》……」

裏切り者の吸血鬼が呟いた。

ウィリアムは瓦礫《がれき》の散乱している部屋に降り立った。正装し、山高帽をかぶり外套《がいとう》を着た仮面の男は、手に持っている杖の柄、金の鷲で口元を叩いた。

丁寧になでつけた髪は後ろに流している。部屋の中の様子を一望した彼は、ただ微笑んだ。

薄暗闇の帝都中から、人間の悲鳴がわき上がる。その恐怖の感情を背に、彼が口を開いた。

「さぁ、人間と遊んでおいで」

次の瞬間、部屋の中に無数の風の渦が殺到する。煙のような影が見えたのは一瞬で、それらは扉の隙間をくぐり抜けて、行ってしまった。

部屋に再び静寂が訪れる。

その中を、ほとんど足音も立てずにウィリアムは歩いた。視線の先にいるのはただ一人。仲間の首がもがれて硬直する裏切り者の前を、彼は一顧だにせず通り過ぎた。

「なんてことだ」

ウィリアムが呟いた。その声に非難の響きを感じ取って、マリーはただその場で俯《うつむ》いた。

彼の無事な姿にほっとすれば、もう動く元気もなくなった。

赤い髪が視界を遮る。なすすべもなく攫われて、血を奪われた自分が情けなく、少女は床に爪を食い込ませた。

近づいてくる男の気配に、先程の首をもがれた吸血鬼の姿が思い浮かぶ。ぎゅ、とマリーは目をつむった。次の瞬間には自分がそうなるに違いない。

傍まできたウィリアムの怖い気配に覚悟を決めて、マリーは顔を上げた。

「おじいさま、ごめんなさ」

「遅くなってすまない。迎えに来たよ」

同時に言われた言葉に、マリーはぽかんと口を開けた。

ウィリアムが瞬時に眉根を寄せる。

「マリー……僕が何しにここまで来たかわかってる？」

「……」

マリーは、そわりと視線を外した。多分不正解しか口にできない。

「始末しに来たと思ってそうですね」

「え、あ、違」

彷徨わせた視線の先にいた、リンを腕の中に抱くハイムズが言う。

的確に言い当てられたマリーは慌てて首を振りかけて。

「……わない……です」

正直に頷いた。

それを見て、溜息をついたウィリアムはマリーの前に膝をついた。苦笑を、柔らかな笑みにして、彼は手を差し出す。

「帰ろうか」

引き取られた時からずっと変わらない、その大きな手をマリーは見る。言われた言葉を脳が認識すれば、じわりと体に喜びがあふれた。

帰る。帰れる。大好きなウィリアムのところへ。けれど。

伸ばそうとした手を少女は力なく下ろした。

「帰れない、です」

「うん?」

「孫だって、嘘をついて、ごめんなさい」

マリーは声を震わせた。

「金の鍵を、奪われてごめんなさい。オフィーリア様の体も、守れなくて、おじいさまも酷い怪我をさせてしまって」

「マリー」

ウィリアムが泣きじゃくる女の子を抱き上げる。

「それはみんな、君がしたくてしたことかな」

「でも」

ウィリアムはマリーの手首や首筋にある、いくつもの噛まれた跡をなぞる。

「大人をなめちゃいけない。ちゃんとわかってるよ。今までよく頑張ったね」

優しい口調と手に導かれたマリーがその胸に顔を埋めれば、夜と花の香りが心を満たした。頭を撫《な》でられて、ようやく息の仕方を思い出す。

「……うん。リンさんが、助けてくれたから」

緊張が解けたせいだろう。体に急激な倦怠感《けんたいかん》が襲って来た。血を吸われすぎた代償か、目眩《めまい》も酷い。体から段々力が抜けていく。目の奥に金色が翻る。そうだ、まだ。

「ミラ、ベル……、が」

身を起こしたマリーの背中をウィリアムが抱く。男は仲間たちが消えていった扉を見た。

「……大丈夫だよ。何も考えずに、お休み」

糸が途切れるように、マリーは気を失った。


「何するのよ、離しなさいよ！」

両脇と後ろから屈強な男達に抱えられて、ミラベルが橋の地下へ引きずられていく。

気の遠くなるような段数を下がり、たどり着いた部屋の真ん中にはベッドが置かれていて、壁にはいたるところに赤い染料で幾何学模様が描かれていた。よく見れば、赤いものの半数以上は、血が飛んでこびりついたものだ。

もちろん、一つだけ置かれたベッドにも。

「離して！　嫌！」

台にのせられたミラベルが、猿ぐつわを嵌められて目を見開く。

「ここでしばらく待っ」

ミラベルを連れてきた一人の言葉が、途中で途切れた。彼の腹に長い爪がさし込まれていて。一気に引き抜かれると、彼はその場に倒れた。

おぞましいほど冷たい風が吹き込んで、部屋の隅に黒い人影を浮かび上がらせた。

「獲物ダ」

嬉《うれ》しそうに擦れた声をだしたそれが、体を大きく膨らませる。

「うわぁあああああ！」

狩人が悲鳴をあげると嬉々《きき》として影は襲いかかり、血と骨の砕ける音を響かせた。

呆然とそれを見ていたミラベルが、体を起こす。わずかな空気の動きに反応して侵入者は振り返ったが、捕らえた獲物に向き直り解体する作業に戻った。

恐怖を顔に張り付かせたまま、ミラベルはじりじりと静かにベッドの上を移動して、扉から外へ駆け出した。

息を詰めながら様子を窺《うかが》っていた裏切り者の吸血鬼は、懐から、マリーの血が入った小瓶を取り出した。

腕の中で気を失った少女を抱いて、おろおろするウィリアムは、まるで彼らの存在に気づいていないかのよう。

しかし、このまま見過ごされるかどうかはわからない。逃げるなら今のうちだ。

キャップをとり一気に中身をあおろうと上を向いたところで、しかし衝撃とともに口が強制的に閉まった。放り込もうとした赤い液体は、顎を伝って落ちていった。

「……それ、もしかしてこの子の血？」

男の顎に、冷たい金の鷲がかかっていた。

いつの間にか、マリーを抱いたウィリアムが男の背後に移動していて。杖の先端、羽の部分でわずかに押さえつけられただけなのに、口が開かない。

先程までと雰囲気をがらりと変えたウィリアムが、顎を押さえる手はそのままに、男の足首を蹴りあげる。

「う、っぐ」

ぽきりと骨の折れる音がしたが衝撃に耐えた男に、ウィリアムは、おや？　という顔をして。

「あぁそうか。君――――マリーの血を飲んだな」

ウィリアムが手首を返す。

それだけで頤《おとがい》を軸に裏切り者の体が回転し、彼は床にもんどりを打って倒れた。痛みに呻くその腹を足で踏みつけ、美貌の男が口に杖を押し込む。

「どんな味がした？　美味しかったかい？　ああ、きっとマリーのことだから怯えてたんじゃないかな。震えて、でも痛みに耐えてる姿は可愛かっただろ？　抱きしめた？　体に触れた？　……まさかまぐわってないだろうなぁ。答えろ。屑《くず》が」

「旦那様」

喉の奥まで杖をつっこまれた状態で問いかけられ、涙をこぼす吸血鬼を前に、ハイムズが声を掛ける。

紅い視線を執事に向けたウィリアムは、薄い唇から鋭い牙をのぞかせた。

「止めるか、ハイムズ」

「はい。もう時間ですので」

ぐったりした黒猫を肩に乗せた執事が、外を見やる。

見上げる空には、わずかに太陽が顔を出していた。隠されていたときの不満を吐き散らすように、強烈な陽光が射し込み始めている。

「……マリーに、僕以外の体液の匂いは」

「しません」

「……ハイムズがそう言うなら」

「信用いただき恐縮です。あと【そちら側】を見せるとお嬢様にどん引きされるかと」

「それは……困る！」

辛そうに俯いたウィリアムは、完全に戦意を喪失した男から足を除けた。

そして、呆然としたままのハーマンを見た。

「マリーが、オフィーリアの生まれ変わりというのは本当か？」

「……ああ」

狩人の男は媚びた笑みを浮かべた。

「よかったなぁウィリアム。これでまたオフィーリアと永遠を過ごせる」

ウィリアムは、マリーの様子を窺った。腕に抱く小柄な少女は気を失ったままだ。雪のように白い彼女の頬に指を滑らせたウィリアムの瞳が、蒼色に戻る。

ずっと、孫の役割を演じ、男に生きる希望を与えてくれた子。

何よりも愛しい、大事な存在をウィリアムはそっと抱きしめた。

「……オフィーリアじゃないよ」

手をとって、細い手首に唇を寄せた。愛しい養い子の体を抱きしめる。

「知ればきっとまた苦しむ。マリーはマリーのままでいいんだ。……生きる希望を無くしていた僕のそばにいてくれたマリーを、好きになったんだから」

握るマリーの指がぴくりと動く。

わずかな力の息吹を感じて、ウィリアムは腕の中の少女を見た。

「……イル……？」

目を覚ましたマリーは、握っているウィリアムの手を見た。

「……マリー？」

呼びかけると少女はにこ、と笑って――――再び、ゆっくりと目を閉じた。


「よかったですううううう」

ハイムズの肩の上からそれを見てリンは安堵《あんど》の息を吐いた。

そうして、壁の大穴から外を見やる。まさか昼間から吸血鬼の助けがきてくれるとは思わなかった。リンは傍らを見上げた。

「日蝕を起こせるなんてすごいですね」

「私には無理です。できるのは旦那様と」

「私だよ～」

ハイムズの言葉を受け取るように、明るい声がした。

よく見ると、天井から一匹の蝙蝠《こうもり》がぶら下がり、ふらーっと揺れていた。

「アデルバード様！」

心なしかいつもより萎びた様子のアデルバードが苦しげに言う。

「さすがの私ももう太陽を収めるのは限界だ。ウィリアム、そろそろ帰ろう」

「根性無しが。早すぎる」

「力を貸してあげたのにこの扱い！」

マリーの額にキスを落としたウィリアムが呟くと、天井の蝙蝠は非難するように揺れ幅を大きくした。

アデルバードはきーきー文句を言って、ハイムズの背中に張り付いた。

「ぐぐぐもう動けない。行こう、ハイムズ君。みんなを呼び戻して」

「はい」

執事が指笛を吹こうとしたその時。

「だからあの赤髪を早く……」

怪我で血まみれの狩人達が部屋に殺到してきた。

そして、部屋の中の現状を見る。マリーを抱いたウィリアムと、壊された壁、倒れた吸血鬼と、項垂れたハーマン。

言葉も出ない彼らの前で、ハイムズが、ヒュイっと一際高い音を鳴らした。

そして数秒後、目にもとまらぬ速さで風が吹き去って行く。それらは軽やかに宙を舞って、空の向こうへ去って行った。

「うぁあああああ⁉」

裏切り者の吸血鬼たちが、悲鳴を上げた。

ハッとして狩人達がそちらを見ると、数名が床に倒れた吸血鬼を引きずっていた。体中に爪を立てられた裏切り者は狂ったように唸《うな》りながら、己を拘束する手に抵抗した。

「離せ！　離せえぇぇ‼」

「王よ、我が一族の恥を雪ぐ機会をお与えくださりありがとうございました」

それに一切動じずに、幾多の吸血鬼は造作もなく裏切り者たちを川に投げ捨てた。

ハーマンは思わずその体を追って、壁に縋《すが》り付く。

流れる水に落ちた体は、火傷のように煙を立ち上らせながら断末魔の悲鳴と共に、消えていった。

それを呆然と見るハーマンの背を、一匹の蝙蝠が押した。

あ、と思ったときにはその体は宙に投げ出されていた。

落下していくゆっくりとした視界の向こう、少女を抱き上げたままのウィリアムが、山高帽をとって礼をした。

「ではまた。狩人殿」

やけにはっきりと声が聞こえて、ハーマンは水面に叩きつけられた。まとわりつくような流れにもがく。それでもなんとか手を動かして、もう少しで水面に手が届くというところで――ぼこりと周囲が泡だったかと思うと、後ろから引っ張られた。

振り向くと、足に真っ白い手がからみついていた。

悲鳴をあげる口から水が入り込む。そのまま、ハーマンは水底に沈んでいった。

本部の狩人達が気づいた時には、ウィリアムも吸血鬼達も、マリーも姿を消していた。

太陽は空高く、輝いていて。

どこまでが現実か、幻想か。

ただ壁の大穴と、蔦草や花が絡まりついた人形たちが部屋の中に残されていた。


川からようやく上がったミラベルは、その場で濡れた髪を絞った。

靴は泳ぐ途中で脱げた。服も濡れそぼり不快極まりないが、とにかく一刻も早く川辺から遠ざかろうと荒い息のまま土手を上がる。

なるべく人目に付かないようにと気を配ったが、人間達は蹲って怯えるか道に倒れているので、移動は容易だった。

地下から脱出する階段の途中で、窓から川に飛び込んだのだ。

流れは速く体はかなり流されたが、吸血鬼からも狩人からも逃げたい一心で彼女は岸にたどり着いた。

（……どうして、私がこんな目に……）

頬にかかる金の髪を、鬱陶しげにミラベルは払う。

もっと幸せになれるはずなのに、いつも、何かが邪魔をする。

ミラベルは遠く見える橋を眺めた。

もうあんなところになど戻るものか。まさか、狩人が裏切るなんて思ってもみなかった。あれだけのことをしてやったというのに、とんだ恥知らず達だ。

「……ちっ」

舌打ちをして、もう二、三歩歩いたところで彼女は立ち止まった。

体に張りつく服が邪魔だ。裾を絞り、髪の水気を取ろうとしたところで。

後ろを、一台の馬車が通り過ぎた。

風圧に、思わず振り返る。全速力で駆けていく二頭立てのその姿を見たミラベルは息を飲んだ。

間違いない。何度も何度も夢に見た、【あの日】の馬車だ。月の光を散りばめたような金の装飾は、記憶以上にあまりにも眩しく見えた。

「待って！」

今度は絶対に見失わない。ミラベルは裸足で駆けた。

しかし、さすがに激流を泳いで渡った消耗は激しく、手を伸ばして叫んでも馬車との距離は段々遠ざかっていく。

窓のない重厚で豪奢な馬車を追う女を、街の人は奇妙なものを見る目で見送った。

「……あ……！」

石畳に蹴躓《けつまず》いて、なすすべもなく地面に体が叩きつけられた。

強く打ち付けた体の右側を押さえて、ミラベルは呻いた。そのまま、馬車に叫ぶ。

「待って、って……」

けれど馬車は、止まる気配を見せない。

「待ちなさいよ！」

「お嬢さん、どうかしましたか？」

「うるさい！」

声を掛けられて、視線をそちらに向けたミラベルはぎくりと体を強ばらせた。

手を差し伸べている青年は、かっちりとした制服に身を包んでいる。同じ服装の者が集まって、数名が声をかけ合いながら、束の間の恐ろしい饗宴に怯える民衆を誘導していた。

治安維持のための組織、警邏隊《けいらたい》。

「ご、ご心配なく……」

ミラベルはさっと顔を伏せて立ち上がった。

打ち身と擦り傷だらけの体は痛むが、そんなことを言っていられない。もう馬車のことも頭から消え失せ、ただ足早にその場から逃げようとする。

「しかしそんな濡れたままでは肺炎になってしまいますよ」

「大丈夫ですから」

「おい、そいつ」

心配そうに追いすがる青年から離れようとしたところで、厳しい声がかかる。

後ろから近づいてきた男が、カサリ、と持っていた紙を広げた。

「あんた、子爵夫婦失踪事件で手配されてる女に似て――ッ待て！」

全てを聞く前に、ミラベルは駆け出した。

何事かと集まってきた青い顔の群衆を押しのけて、ミラベルは死に物狂いで路地を走った。

いくつもの曲がり角を抜け、汚泥を踏み、子どもを押しのけ、屋台の荷をぶちまけて。

とにかく安全なところを探す。

「いたぞ！」

「おおい、こっちだ！」

けれど、包囲網は徐々に近づいてきて、彼女は袋小路に追い込まれていった。

「違う、違うの、あれは……狩人にそそのかされて……！」

誰が聞くともしれない言葉を口にしながら。野次馬も含めて十数人に追われたミラベルは、警邏たちに捕らえられたのだった。

第六章　小さな吸血鬼の誕生

「おじい、さま……？」

「起きた？」

柔らかく微笑むウィリアムは、マリーの頬に手を滑らせた。抱き起こして、膝にのせられる。

「みんなは、っ」

立ち上がろうとする体を、ウィリアムがぐっととどめた。

するりと手が、腰を滑る。キスをされて、体を抱き寄せられた。

「みんな久々に暴れ回ってぴんぴんしてるよ。マリーが一番、無事じゃないくらい」

「……そう、ですか」

視線が合う。マリーはそっと、ウィリアムの仮面に手を伸ばした。

陽に灼《や》けて痛々しい皮膚に指先で触れる。

「血を飲んだら、治りますか」

「多分ね。さすがにここまで灼いた記憶はないけど」

「じゃあ、私、の」

薄い夜着のリボンを解こうとして、はっとマリーは他の吸血鬼に噛《か》まれた跡を隠す。その手をとってゆっくり外させると、ウィリアムは細い首筋に顔を近づけた。

「ん、っ」

ベッドの上で少女が喘《あえ》ぐのを、ウィリアムは見下ろした。組み敷かれ、中に入り侵す楔《くさび》に、気怠げにマリーは息を吐いた。

時間が経って再び閉じられた裡《うち》は狭く、それ以上の侵入どころか動かすことすら拒む。

「ひ、ぅ、……あ」

「マリー、落ち着いて、ゆっくり呼吸して」

ウィリアムは震える大腿《ふともも》に手をおいた。

蜜はゆっくりだが溢《あふ》れてきて、彼のものに絡んで動くのを助ける。

「……や、ぁ……っ」

無理はせず、馴染《なじ》むまで待つ。マリーの中は熱くて快く、男はすぐにでも突き上げたい衝動を堪えた。柔らかい体はどこも薄紅に染まって、比喩ではなく美味しそうだ。

恥ずかしいのか顔を背けるマリーの頬に手をやって、こちらを向かせて口づける。男を受け入れたままの少女はぴくんと体を震わせた。ゆっくり唇を舌で舐《な》め、歯列をなぞれば意図がわかったのかマリーがわずかに口を開く。

小さな手を押さえて、中に舌を侵入させ怯《おび》えて縮こまるものに絡めて唾液を交わらせた。

「っ、ん、」

段々戯れる角度は深くなり、表面を肉厚な舌でなぞるとマリーは小さく呼気をもらす。キスを繰り返しながら、ウィリアムはマリーの服を剝ぎ取り、自分の上着を脱いだ。シャツを投げ捨て邪魔そうに髪をかきあげて、彼は紅い目を細めた。

「……は」

息を吐いて、ウィリアムはマリーを抱きしめた。触れあう肌が心地よい。しばらくそのままで力の抜けた体を抱いて、男は楔を抜いた。

「あ、……の」

甘い時間の終わりに、マリーが戸惑う声を上げた。

「焦ることはないよ。まだ半分も入ってないのに辛そうなマリーを見てたら……ちょっと、理性が効かなくなりそうで」

夜着の端をひっかけ、美味しそうな肢体をほとんど晒《さら》している少女に笑って、ウィリアムは小さな頭にもう一度キスを落とす。大事に、ゆっくりと、手をかけるべきだ。

幸いなことに——時間は、いくらでもある。

狩人に踏み込まれ、呪《まじな》いが切れた城をひとまず放棄したウィリアムは、彼の所有する別荘に移った。

別荘とは言え広い敷地と庭のあるそこは、昔社交の時期に使っていたものらしく管理人もいて、部屋も綺麗《きれい》に整えられていた。

今居るのは、食糧牢《しょくりょうろう》、というところらしい。

文字通り吸血鬼の餌になる人間を収容するために造られた場所だ。厳重な扉を閉めれば、外界との接点は高い天井にある暗い空気穴だけだ。

綺麗で塵《ちり》一つない牢屋。

はじめは光に弱いからという理由を告げられて、マリーはここでウィリアムと共に過ごす。焦ることはないという彼の宣言通り、マリーの体の調子に合わせて、吸血鬼にするための淫らな時間は繰り返された。


ウィリアムが手を差し出す。

戸惑うマリーの前で、彼の親指の爪が、自身の人差し指の上を滑った。わずかに遅れて、皮膚についた赤い線から、ぷくりと液体が玉になってにじみ出た。

「舐めて」

体中に甘い痕をつけたマリーは、目の前に差し出された血をじっと見る。

暗い牢の中、ランプの火に照らされたそれはまるで朝露のように清らかに見えた。

「……はい」

戸惑いながら、マリーはウィリアムの手をとって傷口に顔を近づけた。小さな舌を出して、零れる一滴を掬《すく》う。

とても甘い鉄の味。

それを認識すると同時に、どくんと、マリーの心臓が不思議な脈動をした。

「……っ」

思わず胸を押さえたマリーの背中をさすって、ウィリアムは囁《ささや》いた。

「僕の血は強いから、ゆっくりね」

マリーは頷《うなず》いて、再び指先を舐めた。

「……ん、ぅ……」

白い頬を赤らめて、懸命に指に舌を這《は》わせる。

ウィリアムは指はそのままに、マリーの白い夜着の裾から手を差し入れた。

肌をゆっくりと、熱を孕《はら》むようになぞられる。ぴくりと動いたマリーに安心させるように微笑んで、彼は自分の指をマリーの唇に含ませた。

「ちょっと意地悪をするよ。……血は、ちゃんと舐めててね」

「――っふぁ、」

ふいに胸をつかまれる。

弾む胸はゆっくりと持ち上げられ、柔らかい感触を楽しむように押し潰される。嬲《なぶ》る彼の手の中で、白いマシュマロのような乳房は次々に形を変えた。

夜着の下で、男の手が蠢《うごめ》くのをマリーは頬を赤らめて見下ろす。

震えながら身を捩《よじ》ると、ウィリアムはゆっくりとまだ未熟な胸を解《ほぐ》していった。

捏《こ》ねるように押し上げ、次いで薄紅色の先端に指の先を引っかけた。

「あ、……」

「暑い？　脱ぐかい？」

羞恥と快楽で真っ赤になった耳元でくすりと笑って、ウィリアムが囁く。

段々と主張してきた胸の頂を指で押されながら聞かれ、ふるふるとマリーは首を振った。

「ん、っ」

「ほら、口が動いてないよ？」

「……っ」

くすくす笑って指摘され、はっとしたようにマリーは動きを再開した。

顔の半分を覆う大きな手。第二関節まで口内に入っている人差し指の表面を舌で撫《な》でる。

「は、ふぁ……っん」

胸をまさぐるまま、ウィリアムが震える頬に口づける。

快楽を覚えた体は柔い胸を撫であげられて、びくびくと痙攣《けいれん》を繰り返した。

血を舐めているせいだろうか、断続的な強い波は容赦なく襲いかかって、マリーの思考と行為を妨げた。

やがて、マリーの口から指を抜くと、ウィリアムはほとんど力の入っていない体をベッドに横たえて、白い足を摑《つか》んだ。獲物が状況を理解する前に、顔を蜜のあふれる入り口に近づける。

ウィリアムはそこにゆっくりと舌を這わせた。

「や……っ、ぁ」

慌てて腰を引くが、足はしっかり捕まっていて、思わずウィリアムの金の髪に手をやる。けれど押しのけることもできずに、ただ何度も敏感な入り口から蕾《つぼみ》までを舌で撫でられて、大きく目を見開いたマリーは、訳が分からないまま首を振った。

「見ないで……っくださ………いや、……っ」

ぞくぞくとした感覚がすぐに押し寄せて、腰が痺《しび》れたように動かなくなる。麻痺はすぐに全身を覆って、抵抗する力すら奪った。

「っ、ぁ……あ、っんぅ……」

体を起こすこともできず、マリーはただ口元に手をやって声が出るのを止めることしかできない。じんとした疼きは、頂を覚えたばかりの幼い体を這い回って熱を灯し続けた。

体が反応して痙攣する度に、ふるりと胸が揺れる。唾液を飲み込むことも忘れて、口の端から蜜がしたたり落ちた。

思考はぐずぐずに溶かされて、ただ入り口と周りの襞《ひだ》をゆっくり舌先で愛撫するウィリアムの動きに翻弄される。けれど、それがもったいぶるように上へと動いて、ささやかな花蕾に触れた瞬間にマリーは大きく悲鳴をあげた。

「あ、……や、……っだめ……」

舌で押し上げるように弱いところを刺激され、マリーは喘いだ。

「やだ、っや……ぁ、ん……ん、ん………っつ」

浅い呼吸を繰り返していた少女が、ぎゅっと眼をつむる。体を縮こまらせるその瞬間を狙って、ウィリアムは舌を中へ挿入した。

未だ慣れない異物感にびくりと震えたなかは、ぬめる肉の感覚に蜜を溢れさせる。それを指で掬って、身をわずかに起こしたウィリアムは指を裡に侵入させた。入り口近くのざらつくところを擦られながら、花蕾を舌で嬲られて。

「や、だめ、……っそんな、や……っあぁあ――」

先程とは比較にならないほどの快楽に、マリーは背を仰け反らせた。

男の指を飲み込んだまま、耐えられるはずもなく体は達する。

「……っは、……ぁ……」

ようやく十分な蜜があふれて来た隘路《あいろ》に、ウィリアムは自分の存在を植え付けるように、指を抜き差しする。奥まで入ってくる性急な指に裡をかき混ぜられて、マリーは息を詰めた。

「っ、」

「マリー、ちゃんと息をして」

ウィリアムは空いている手で、マリーの手をとって自分の首に回させた。そうして指を

引き抜き、蜜を零す入り口に昂《たか》ぶりを押し当てる。

「……っ」

未だ狭い中は、侵入に怯えて異物を受け入れようとしない。背中を撫でて、ウィリアムはゆっくりとマリーの腰を摑んで奥へと入っていった。

「や、っあ、……う」

奥の弱いところを断続的に擦られて、腰が跳ねる。本能的に逃げようとする体を押さえて、ウィリアムは逃がさないように何度も熱を植え付ける。

奥まで己を蹂躙《じゅうりん》する熱に、マリーは小さく体を震わせた。

「おじい、さま……っもう、あ、」

「……いきそうかい？」

「あ、っあ――――」

奥が収縮を繰り返す。しかし息を詰めたマリーは、再びウィリアムが動き出す気配に怯えた。

「……まだ、いって、っん」

敏感な裡《うち》を再び揺すり上げられて、マリーが喘ぐ。

弱いところを何度も攻められて涙がこぼれる。ウィリアムは腰を動かしながら、マリーの頬に唇を寄せた。

変化があったのは、いくつの日々を牢で過ごしてからか。

ウィリアムはその日、用事があるからと言い置いて出掛けていた。マリーは出された食事を前にスプーンを置いた。

目の前のスープの、腐った臭いが鼻をついて、とてもではないが口元まで持っていくことができなかったためだ。

食材が悪いわけでも、生煮えというわけでもない。スプーンで解れるほど野菜も肉も軟らかく煮込まれていて、高級な香草が透明なスープの上に浮いている。とても、美味しそうだ。なのに。

お腹は空いていた。食べないと。

少女は震える手で人参を小さく割って、口に放り込んだ。

「う……」

味を知覚した途端に舌が痺れたように痛んだ。震える手で口を押さえたマリーは、コップの液体で不快感を流しこむ。

それでようやく嚥下《えんげ》したが、それ以上はどうしても手をつける気にはなれず。ふらふらとベッドに戻り、そのまま倒れ込んだ。

今は何時頃だろう。全身がだるくて起き上がる気力もなく、マリーは目を閉じた。

体が熱い。

次に目覚めた時、その堪えきれないほどの衝動にマリーは呻《うめ》いた。

ぼんやりとした視界はやけに明るく、小さなロウソクの火で牢の隅々まで見渡せた。

食事はいつの間にか下げられている。まだウィリアムは帰ってきていない。

「おじい、さま……」

ずっとそばにあったはずの気配がない。それがやけに心細くて、マリーはふらりと体を起こした。

わけのわからない恐怖感が全身を支配した。

もしかしたら、ウィリアムはもうマリーのところに戻ってこないのでは――そんな、黄《たそ》昏時《がれどき》の子どものような思考が頭を過ぎる。

素足のままベッドから降りた。ふらつく体が、ベッド脇に置かれていたものにぶつかり、床にひっくり返す。

思った以上に大きい、コップの割れる音。

雷が落ちたようなそれに、マリーは縮こまって耳を塞いだ。

「マリー様⁉」

扉が開いたのはその時。

城の使用人だ。怯えるマリーと床に散った液体やガラスを見て、彼はぱっと牢の中に入ってきた。

「こちらで掃除しますから触らずに――」

その、吸血鬼の脇を通ってマリーは出口に向かう。

見張りの男の息を飲む音に振り返ると、何故か彼はそこで硬直した。

「誰、か！　マリー様が‼」

後ろから聞こえるくぐもった声。逃げるようにマリーは廊下に出て、出口を求めて走った。

牢の外に出たのは、ここに来てから初めてだった。

とにかく地下から上階に赴けばどこかには出られるだろう。マリーは必死にウィリアムの姿を探す。

ようやく見つけた階段を丁度下りてきた三人の人物を見て、マリーは足を止めた。

彼らは薄い服を着ただけのマリーの姿に、ぎょっとした表情を見せた。

「マリー？」

ウィリアムが怪訝《けげん》な顔をする。その体に、マリーは抱きついた。

「おじいさま、……っ」

「どうしてここに」

ふわり。ウィリアムが羽織っていた外套《がいとう》を頭からかぶせられる。

目の前に顰め面のウィリアムが屈んだ。

「悪い子だ。駄目じゃないか、出て来た、ら……」

至近距離でマリーの様子を見た男は、ふと眼を細め――笑みを浮かべて、外套で少を貪った。

女を隠したまま、顔を近づけた。


を貪った。

「ん、」

唇が触れて、中に舌が入ってくる。

突然の口づけに、目を見開く少女の呼吸を奪って、何度も角度を変えながら男は甘い唇を貪った。

「っ、んぅ、っ」

静かにその場に立つ二人の視線を感じて、マリーはウィリアムの体を押し返した。しかし彼はそれを意に介した様子もない。

すでに熱の籠もっていた体が耐えられるはずもなく、足の力が抜ければ背中を支えられて、行為は続けられた。

息継ぎにわずかに口が離れれば、唾液の繋《つな》がりができて、それを愛おしそうにウィリアムが舐め取った。

「よかった、変化が遅いから心配してたんだ。……早く、戻って続きをしよう」

言って、ウィリアムは嬉《うれ》しそうに少女を抱き上げる。

力強い腕の中。マリーはウィリアムの匂いに包まれた。

「――チッ」

小さな舌打ちが聞こえた気がして、マリーは顔を上げた。

しかしそこにいるのは、いつも通りそつのない大男だ。今耳にしたのは何だったのかと、気怠げに視線を巡らせたところで。

ウィリアムは困った顔で、マリーの姿をさらに外套で隠した。

「……あいつ無茶させるなぁ」

アデルバードはウィリアムの溺愛っぷりに溜息をついた。

変化の途中の少女の、地下にいて一層白い肌には、至るところに紅い痣《あざ》が散っていて、うつむき加減の首筋には男に穿《うが》たれた牙の痕がいくつもはっきりと残っていた。

ハイムズがちらりと、アデルバードに視線を向けた。

「……アデルバード様は、最初から『お嬢様』が本物の孫ではないと気づいていたのでは？」

「さぁてどうかな。何故そう思うの」

「あなたも元人間ですから」

「…………ばれてた？」

にやにやと笑って、今度はハイムズに問いかけた。

「ま、仲間が増えるのは嬉しいことだよ。あんな可愛い子ならなおさらね。君こそ、オフィーリアの生まれ変わりと気づいていてて、偽物《マリー》を城に置いておいたのかな？」

「まさか」

ハイムズは、皮肉げに三白眼を歪《ゆが》めた。

「知っていれば、黙って攫《さら》っていましたよ」

低く、怒りすら覗《うかが》える言葉。

しんと廊下が静まりかえって、居心地が悪そうにアデルバードは顔を逸らした。

「あー、うん、そうか……だから最近機嫌が悪いのか。ハイムズ君はオフィーリアのこと」

「失礼、蝿《はえ》が」

「うぉ!?」

唸《うな》りを上げて飛んできた裏拳を、アデルバードが間一髪で避ける。

彼の銀髪は風圧にかき乱され、標的を失ったハイムズの拳はそのまま廊下の壁にめり込んだ。

どぉん、という地響きを立てるが堅牢な地下は揺らぎもしない。執事は石の破片を零しながら、無言で手を引き抜いた。

顔面が圧縮されかねない勢いの拳に、さすがのアデルバードも青ざめる。

「なにをする！」

「蝿です」

「私の耳には一切羽音がしなかったけれど!?」

「そうですか、アデルバード様も耳が遠くなりましたね」

手袋についた砂を払いながら、ハイムズはいつも通り無表情で呟いた。

細い細い消え入りそうな三日月が、藍色の空を背景に浮かんでいるのが見えた。

それを眺めているとキスを一つされる。

ベッドの端に座るウィリアムの膝の上にのったマリーは、夜着の下で肌を直接撫でる彼の手に頬を紅く染めた。大腿から下腹部、臍《へそ》を通って、大きな手が胸に触れる。

「ん、ん」

胸だけ触られているのに、体の中心が疼いてきて。マリーは小さくばれないように足を擦り合わせた。

自然と少女の呼吸が荒くなる。胸の飾りを摘まれ、擦られて果てが近づけば、ちかちかと目の前に星が散りはじめる。

「まだだよ」

胸を揺らして楽しんでいたウィリアムは、いたぶる手は止めずに耳を食んだ。

「もう少し我慢できるね」

「っ、……」

小さく痙攣を繰り返す少女の薄い腹を撫でながら、彼が言う。

おあずけされたマリーは震えながら頷いたが、ぞわぞわとした感覚が腰に下りてきて、呼吸を乱した。

少女の首筋を汗が流れるのを男がゆっくりと舐め取り、熱を持て余す小さな体を焦らす。そして、大腿を撫でた指が卑猥《ひわい》な音を立てて中に潜り込み、マリーは小さく喉を鳴らした。

既に知られてしまった中の奥、快い一点をゆっくりと優しく愛撫され、既に熱を上限まで留めていた体は、止める間もなく高みへ駆けのぼる。

熱を散らす余裕もなく、マリーは腰を震わせた。

「おじいさま……っもう」

「うん」

ウィリアムは愛おしげにゆっくりと中に入れた指を回し、一際奥までそれを侵入させた。不躾《ぶしつけ》なほど体の深部まで探る動きは、しかし慣らされた体には熱を生む要素でしかない。自分を支えることもできない体をベッドに俯せにしたウィリアムは、裡を行き来する指を止めずに薄い夜着から出た肩に口づけた。

「……あ……っ、……」

「どうして欲しいのか、この可愛い口で言ってごらん」

唇にウィリアムが指を乗せる。浅い呼吸を繰り返しながら、潤んだ目でマリーは喘いだ。

「……っ、……い、……かせて、くださ……い」

弱い裡を擦りあげられて、我慢しきれるものではない。

焦らされて焦らされて、達する直前まで高められた感覚をもてあまし、マリーは指が白くなるほどシーツを握りこんだ。

「ちゃんと言えて、マリーは良い子だね」

顔を真っ赤にして告げた少女の髪に口づけをしたウィリアムは、中を擦る力を強めた。

「や、あ……」

脳が熱で侵される。足をガクガクと震わせたマリーの切ない声が、暗い部屋に響いた。

指が抜かれるとマリーは縮こまり、まだひくつくそこを夜着の上から押さえた。散々いじめられた蜜口は薄い布を通して、淫靡《いんび》に濡《ぬ》れた感触を伝えてくる。

ウィリアムは完全に腰が抜けている少女の肩を摑んで、仰向けにした。マリーは彼の指と自分の指が絡むのを見る。

「マリー……」

何も知らない無垢《むく》な体にひとつずつ快楽を教えこまれる。

眼を紅くした吸血鬼は、噛み痕の残る細い首筋に吸い付く。そして口を大きく開くと、そこに牙を突き立てた。

「あっ、あ……っんぅ、う」

体を押さえつけられて、ウィリアムに血を啜られる。

くすぶり続けている体が、意志とは無関係に熱を拾い上げた。苦痛と快楽が混ざり合う。以前は知らなかった――すでに結びついたそれが、マリーの愉悦を押し上げた。

「あ、――や、いや、待ってくださ……っ」

弛緩《しかん》を狙って、屹立《きつりつ》が入ってきた。奥まで一気に入ってきたそれに、膣側を内から抉《えぐ》られる。それは徐々に激しい挿入になって、マリーの思考をとろけさせた。

「ん、ん……っあ」

何度も襲ってくる波に、マリーは何度も小さく頂を越した。

ぬめる互いの舌を絡ませて、彼は己の舌を牙でわずかに傷つけた。

「！」

血の味がマリーの舌にのる。

それをお互いの舌の表面で擦り合えば、すぐに新しい血と唾液が共に粘膜に浸透していった。

「は、っぁ」

突き上げられて呼吸が整わないまま、マリーは必死でウィリアムと舌を絡ませた。

蜜よりも甘い味に夢中になる。赤子のようにもっと強請《ねだ》れば、再び彼は舌に血をのせてくれた。

「っは、ふ……あ」

けれども犯されながらの口づけに、呼吸が苦しくてマリーは唇を離す。

肌と肌を合わせて、心も体もウィリアムでいっぱいにされ、何も考えられない。組んでいた手が外されて腰を滑る。体を支えて、良いところを擦られればもう喘ぐことしかできなかった。

「っや、……っだめ、……いっちゃ、……、……っ――――」

頤《おとがい》を摑まれて、再び口づけられた。我慢する間もなく達した体の奥で、遅れて男の熱が放たれる感覚にびくりとした少女は、その、血の味のする口づけに酔いしれた。

永遠にも感じるような深い酩酊《めいてい》の間、呼吸が奪われる。

「……」

波が過ぎた後も、がくがくと体を震わせ、睫《まつげ》を伏せ静かに泣くマリーからウィリアムが口を離した。

マリーはぼんやりする目を開けた。

「疲れたかい？」

いつの間にか、気を失っていたようだ。聞かれて、小さく首を振る。

ウィリアムと繋がったまま体の上に乗っているマリーは、瞳を紅くした吸血鬼を見た。

起き上がった彼の首に気だるく腕を絡ませて、枯れた声の代わりに頬に口づける。そんなマリーの髪を梳《す》いて、ウィリアムは彼女の口元に指をいれた。

「ん、いいね」

彼の満足げな理由が思いつかず、マリーがわずかに口を閉じると、不意に強い味が舌を焼いた。はっとして見ると、ウィリアムの指に傷が付いている。

「――っ、あ」

「平気だよ」

指が離れる。それがとても勿体《もったい》なくて思わず目で追いかけると、彼は笑った。

「こんなところじゃなくて、こっち」

言って、ぐっと頭を近づけさせた。自分の、首元に。

「飲んで」

「……え」

「牙を突き立てるんだ」

震えながら、マリーはウィリアムの肩に手を置いた。覚えている限り、食事も水も取っていない。ただずっと、男と肌を重ねていた。

口を開く。舌にちりっと痛みが走って、そのまま、少女は男の首に嚙みついた。

鋭い牙が肉に刺さる。少しも動じることがなくそれを受けたウィリアムは、ゆるりとマリーの背中を撫でた。

「ん、っく」

今まで食べたなにより、飲んだなにによりも美味しいそれに、マリーは夢中になって喉を鳴らした。

「慌てないで、ゆっくり」

背中を撫でる手はどこまでも優しい。

しばらくして、何の遠慮もなく飲んでいたことに気づき、マリーは口を離した。

「もういいの？」

「わ、私」

腰を掴まれて、下から突き上げられる。堪らず目の前の逞《たくま》しい体に縋《すが》り付いた。

「っは、あ、あっ……ん」

先程まで枯れきっていたはずの声が、甘く聞こえる。つながったところから聞こえる卑猥な水音が、部屋に響いた。体の疲労もいつの間にかなくなっていて、ただ、体が熱くて疼いて仕方がない。

ウィリアムの手によって教え込まれた体は、早く刺激が欲しくて、マリーもいつのまにか腰を揺すっていた。

「や、ん……」

「っ、さすがに若い子についていくのは、大変だ」

「っは、あ、……あ、っ」

本能のままマリーはもう一度ウィリアムの首に噛みついた。揺さぶられながら、泣きながら吸血する。

快楽も恐怖も混乱もいっしょくたになって、はじけたところで気を失った。

終章

重い扉を開くと、初めて見る別荘の広間は心地よい闇に沈んでいた。いくつもの燭台《しょくだい》が灯されているそこで、マリーの目には壁際に控える懐かしい顔ぶれがはっきりと見えた。

「何か変わったことはあった？」

「特には」

ウィリアムの問いに、ハイムズが答える。

壁際で頭を下げて微動だにしない使用人達を見回して、ウィリアムは豪奢《ごうしゃ》に飾り付けられた大広間を指した。

「マリーに歓迎の宴を用意したよ」

「歓迎？」

「君が、我々の一員に加わったお祝いだ」

しっとりとした静かなメロディーに導かれてそちらを見ると、城に出入りしている楽団が演奏していた。

「……とはいえ、いつものお茶会とほとんど変わらないけど」

戯《おど》けるように言うウィリアムに、マリーは微笑んだ。

大広間の一角にはいつも使っているものとよく似たテーブルセットがあった。その近くには大きな机が設えられていて、色とりどりの焼き菓子やケーキが置かれていた。

大きなケーキのそばには、フルーツをのせているパティシエの姿もある。近づくと、コック帽をとって彼は背筋を伸ばした。

「お二人のために、お祝いのお菓子をいろいろ用意しました！　どうぞご賞味ください」

侍従に椅子を引かれて座ろうとしたところで、ウィリアムに手を引かれる。そしてマリーはウィリアムの膝の上にのせられた。

「はい、あーん」

ウィリアムが嬉しそうにフォークに刺したパンケーキを差し出す。生クリームたっぷりでラズベリーののったそれ。

吸血鬼になる直前の、食べ物の味を思い出して一瞬躊躇《ちゅうちょ》したが、マリーは口をあけた。

口に含んで、咀嚼《そしゃく》する。

「どう？」

「美味しい、です」

唇を押さえて、マリーが不思議そうな顔をする。

スープやパンはにおいがきつくて吐き出すほどだったのに、甘い砂糖たっぷりのこれは人間の頃と同じくらいに美味しい。ただ、こってりとしたバタークリームでも、喉に収める前にあっさりと溶けてしまう。

「僕たちは普通の料理は口にできないけど、お菓子と紅茶は別腹だよ。栄養にするには足りないから、文字通り舌で楽しむだけだけど。それに彼のはまた格別だ」

「はい」

吸血鬼のことをまだよく知らないマリーは、こくりと頷《うなず》いた。

「食事は基本人の血だけど、まぁマリーは僕の血だけ飲んでればいいから」

「……はい」

「だから、僕以外に噛《か》み付いたり……肌を合わせてはいけないよ」

「はい」

「では改めて、お嫁さんになってくれる？」

「は……」

抱きかかえられたまま、マリーは目をぱちくりさせた。

誰に向けた言葉だろうかと、マリーは周りを見回した。しかし、その場にいる全員が視線を逸らし、優秀な彼らはそそくさと部屋を後にした。

ぱたん、と扉が閉まって。

「……マリー、前にもそう言ったはずだし、なんで、今の状況で、別の子に言ったと思うの」

「お嫁さん……」

マリーの反応にウィリアムは溜息《ためいき》をつき、耳元で囁《ささや》いた。

「ウェルフェル」

聞こえて来た単語に、マリーが顔を上げる。

目が合って、ウィリアムは笑みを浮かべて言った。

「僕の本当の名前」

「……本当の？」

「みんなには内緒だよ？　ハイムズ君にもね。名前を知られると、厄介なことになるから」

「えっ」

悪戯っぽく深刻なことを言われて、慌ててマリーは周りを見る。広間にはもちろん誰もいない。

「呼んでくれる？　僕の大事なマリー」

マリーはふるふると首を振った。

そんな恐ろしいことを口になど出せないと思っていると、ウィリアムが笑った。

「なら、愛称で。偽名のウィリアムでもどちらにせよ、ウィル。ほら」

「……」

「ウィ、ル」

「……ウィル？」

ぎこちなく呼びかけられて、ウェルフェル――ウィリアムは満足そうに笑った。

「これで僕はマリーのものだ」

「……私のもの？」

その言葉を聞いて、マリーの目が紅く光る。

「おじいさまが、私の……」

ウィリアムがマリーの背にゆっくりと指を這《は》わせた。

「……いなくならないでいてくれますか」

「あぁ。マリーが望む限り、永遠にそばにいるよ」

男の首筋に顔を埋めたマリーは、そこに唇を押しあてた。

「飲んで、いいですか」

「いつでもどうぞ」

マリーの喉が鳴った。それに気づいて、優しく笑ったウィリアムはマリーに身を寄せた。

いつも通りウィリアムのシャツのボタンを外し、綺麗《きれい》な肌を晒《さら》す。

焦らなくても獲物は逃げない。拒まれたことなど一度もない。

ゆっくりと、マリーはそこに顔を近づける。小さな牙は遠慮がちに穿《うが》たれ、生まれたばかりの吸血鬼は極上の美味しい血で喉をうるおした。

あとがき

はじめまして、こんにちは。イシクロと申します。この度は『偽りの吸血姫が本物になるまで　身代わり処女《おとめ》は甘い楔に啼く』をお手に取っていただき誠にありがとうございました。

この話は、第3回ムーンドロップス恋愛小説コンテストにて竹書房賞をいただいた作品を加筆・修正した改稿版になります。まずは審査にあたってくださいました関係者の皆様に、厚く御礼申し上げます。

体格差、年の差好きをこじらせた結果、イケメンおじいちゃん吸血鬼に引き取られた女の子の話を書きたい欲求のみでムーンライトノベルズ様に投稿したのですが、たくさんの方に支えていただきながら書き上げることができた作品です。本にしていただけるなんて、あとがきを書いている今もまだ信じられない気持ちでいっぱいです。

何かあとがきのネタがないかと探したのですが、アイデアノートが大部分紛失して、冒頭部以外ほとんど残っていませんでした……。頑張って思い返すと、やはり幼少時も成長してからも、とにかくいつでも全力の頑張り屋のヒロイン、マリーにずっと引っ張ってもらったように思います（初めは黒髪で、リリィという名前でした）。改稿版は彼女が吸血鬼になるまでの奮闘ですが、いかがだったでしょうか。

少しでも、楽しんでいただけましたらとても嬉しいです。

最後になりましたが、美麗などという言葉では言い尽くせない素敵な絵を描いてくださいましたイラストレーターのなま様、右も左もわからない素人に優しく分かりやすく教えてくださり、悩んだ時に的確なアドバイスをいただきました担当編集者N様、編集部の皆様、出版に関わってくださった全ての皆様、いつもお世話になりっぱなしの創作仲間様、そして何より、このお話をお読みくださったあなた様に、心からの感謝を申し上げます。

本当に、ありがとうございました！

★著者・イラストレーターへのファンレターやプレゼントにつきまして★
著者・イラストレーターへのファンレターやプレゼントは、下記の住所にお送りください。いただいたお手紙やプレゼントは、できるだけ早く著作者にお送りしておりますが、状況によって時間が掛かる場合があります。生ものや賞味期限の短い食べ物をご送付いただきますとお届けできない場合がございますので、何卒ご理解ください。
送り先
〒160-0004　東京都新宿区四谷3-14-1　UUR四谷三丁目ビル2階
(株) パブリッシングリンク
ムーンドロップス 編集部
○○（著者・イラストレーターのお名前）様

偽りの吸血姫が本物になるまで
身代わり処女は甘い楔に啼く

２０２０年２月１７日　初版第一刷発行

著……………………………………………………… イシクロ
画………………………………………………………… なま
編集…………………………… 株式会社パブリッシングリンク
ブックデザイン……………………… 百足屋ユウコ＋モンマ蚕
（ムシカゴグラフィクス）
本文ＤＴＰ…………………………………………… ＩＤＲ

発行人……………………………………………… 後藤明信
発行…………………………………………… 株式会社竹書房
〒102-0072　東京都千代田区飯田橋２－７－３
電話　03-3264-1576（代表）
03-3234-6208（編集）
http://www.takeshobo.co.jp
印刷・製本……………………………… 中央精版印刷株式会社

ISBN978-4-8019-2173-3　C0193
Printed in JAPAN